Kai Neuber

Nach Aktenlage

Impressum

Bibliografische Information der Deutschen Nationalbibliothek:
Die Deutsche Nationalbibliothek verzeichnet diese Publikation in der Deutschen Nationalbibliografie; detaillierte bibliografische Daten sind im Internet über http://dnb.dnb.de abrufbar.

© 2024 Kai Neuber

Titelbild: Shutterstock

Verlag: BoD · Books on Demand GmbH, In de Tarpen 42, 22848 Norderstedt, bod@bod.de

Druck: Libri Plureos GmbH, Friedensallee 273, 22763 Hamburg

ISBN: 978-3-7693-2081-7

Die Handlung ist in Teilen durch wahre Begebenheiten inspiriert. Alle handelnden Personen sind frei erfunden. Jegliche Ähnlichkeit mit lebenden oder realen Personen wäre rein zufällig.

Während meiner zwölfjährigen Marinedienstzeit studierte ich in Hamburg Pädagogik und im Fernstudium Wirtschaft, danach Rechtspflege in Niedersachsen. Nach Einsätzen im Justizministerium in Kiel und beim Oberlandesgericht in Schleswig studierte ich Strafrecht als Postgraduiertenstudium beim Ausbildungszentrum der Justiz in Nordrhein-Westfalen.

Als Oberamtsanwalt bin ich mit meinen etwa fünfzig Kolleginnen und Kollegen in Schleswig-Holstein, etwa zwanzig von ihnen in Kiel, für die Bearbeitung von Ermittlungsverfahren der kleinen und mittleren Kriminalität, somit der Masse unseres Geschäfts zuständig. Über dreizehn Jahre war ich im Sonderdezernat "GF" - Gewalt in der Familie tätig. Anders als Staatsanwältinnen und Staatsanwälte treten wir nur am Amtsgericht auf.

Ich bin verheiratet und lebe mit meiner Frau in einer kleinen Gemeinde im Naturpark Westensee. Wir haben drei tolle erwachsene Töchter und wundervolle Enkelkinder.

Zum Schreiben kam ich erst jetzt, vermutlich auch durch meinen Vater Hermann Neuber, der insbesondere über seine Zeit als Marinerettungsflieger zahlreiche Bücher geschrieben hat und nicht müde wurde, mir zu sagen, ich solle meine Geschichten doch auch einmal aufschreiben.

Kai Neuber

Schon in der Überlegung liegt die böse Tat, selbst wenn sie nicht zur Ausführung gelangt. Man muss mithin so etwas, an dem schon die bloße Überlegung unsittlich ist, überhaupt gar nicht überlegen.

Cicero

Wer sündigt, versündigt sich an sich selbst; denn durch die unrechte Handlung macht er sich schlecht und schadet also sich selbst.

Mark Aurel

CARL

Der Schlagbaum schimmerte voraus im seichten Schein der Laterne durch den Nebel des frühen Morgens. Der Wachmann, ein ziviler Mitarbeiter des Sicherheitsdiensts, der sich im Rentenalter allem Anschein nach noch etwas dazu verdienen wollte oder nach vierzig Ehejahren vielleicht auch einfach etwas Abstand von seiner Frau brauchte, hatte sich an dem feuchtkalten Morgen in sein Wachhäuschen zurückgezogen und erhob sich nun gemächlich, nachdem er durch mein Scheinwerferlicht aufgeweckt wurde. Er begab sich zur Fahrerseite meines grauen Mittelklasse-SUV, während ich die Seitenscheibe herunterließ und ihm meinen Truppenausweis entgegenhielt. Der Wachmann warf einen flüchtigen Blick auf das Papier und ließ mich passieren. Ich folgte der Straße durch den um diese Uhrzeit noch menschenleeren Stützpunkt zum Parkplatz der Zerstörerflottille direkt an der Mole. Der schlanke, hochaufragende Bug des Schiffes begrüßte mich und machte mich auch immer wieder ein bisschen stolz, hier

Artillerieoffizier sein zu dürfen. Die Flaggenparade würde erst zum Sonnenaufgang stattfinden. Vorher wird für mich auch keine „Seite" gepfiffen, eine Ehrerbietung, die mir als Offizier zustand. Ich ging an Bord, vorbei an dem Maat der Wache, für den es zu dieser frühen Morgenstunde nicht ungewöhnlich war, dass ich aussah, als wäre ich gerade erst dem Bett entstiegen. Ich drehte an dem Handrad des achteren Schotts, um die Verrieglung zu öffnen und trat über den kniehohen Süllrand ins Schiffsinnere. Es empfing mich der typische Geruch einer Melange aus in der Kombüse frischgebackenen Brötchen, Diesel und Bilgenöl. Ich werde meine Sachen auf die Kammer bringen, die ich mir mit dem Flugkörperoffizier teile, dann unter die Dusche springen, die Arbeitsuniform für den Seebetrieb anziehen, mir in der Offiziermesse ein paar Eier braten lassen, mit den Kameraden ein paar Worte über das Wochenende wechseln und über den bevorstehenden Einsatz sprechen. Soviel Zeit hatte ich noch bis zum Dienstbeginn um 06:00 Uhr. Dann seeklarmachen und auslaufen um Punkt 07:00 Uhr. Sechs Wochen Standing-Naval-Forces-Atlantic oder kurz StaNavForlant. Hoffentlich kommen wir dieses Mal weiter als bis Kiel-Lighthouse, wo beim letzten Einsatz einer der vier Dampfkessel dicke Backen machte. Gerade als ich die Hand auf den amerikanischen Drehknauf der Tür zu meiner Kammer legte, hörte ich über die Schiffslautsprechanlage … Musik?

„Dim-dim - da-da-da-dim" …?

„Won't forget these days" von Fury in the Slaughterhouse. Was soll das? Die SLA unterliegt doch eigentlich strengen Regeln. Da kann nicht jeder einfach machen, was er will. - Mein Nacken schmerzte. Ich streckte mich. Hörte ich nun Vogelgezwitscher. Es wurde hell.

Ich öffnete die müden Augen, griff nach meinem Handy auf dem Nachtschrank und stellte den Wecker ab. Seit dem letzten Fury-Konzert hatte ich den Titel als Weckmusik abgespeichert. Ich war immer noch ein großer Fan. In letzter Zeit waren die beiden Köpfe der Band häufiger als Wingenfelder & Wingenfelder unterwegs, aber die alten Fury-Klassiker wurden vom Publikum regelmäßig eingefordert.

Heute werde ich jedenfalls nicht mehr zu einer Übung auslaufen. Diese Zeit lag hinter mir und mein Schiff schon lange als Museum in Wilhelmshaven. Dennoch ließ die Zeit mich scheinbar nie ganz los.

§

Im Büro erwarteten mich zwei Stapel Akten, jeder so hoch, dass er im Freizeitpark Eintritt zahlen müsste. Darunter etwa zwanzig neue Verfahren, der Rest erledigte Ermittlungsaufträge als Rückläufer von der Polizei, Stellungnahmen der Verteidigung, Sachverständigengutachten oder einfache Fristvorlagen. Die elektronische Akte ließ noch etwas auf sich warten, in der Justiz dauerte wohl alles etwas länger. Aber schon bald sollte es kein Papier mehr geben. Es würde wieder einmal ein längerer Tag im Büro werden. Ohne Kaffee geht da gar nichts.

Martina Koslowski klopfte und trat durch meine, wie immer, halb geöffnete Bürotür. Meine junge Vizsla-Dame Wilma richtete sich in ihrem Körbchen neugierig auf und freute sich, Tina zu sehen. Mittlerweile hatte sie gelernt, nicht jeden vor Begeisterung anzuspringen. Das dachte ich jedenfalls gerade noch bevor Tina meiner Hundedame über den Kopf streichelte und Wilma mir das Gegenteil bewies. Vizslas haben eben ein sehr freundliches Gemüt. „Na meine Süße … Moin Carl, Elena hat sich gerade gemeldet. Hatte einen Reitunfall und ist jetzt erstmal drei Wochen krankgeschrieben."

„Moin Tina. Oh je, hoffentlich ist es nicht so schlimm", begrüßte ich meine Büronachbarin. „Hat sich wohl das Kreuzbein angebrochen", erklärte Tina. „Eine genaue Diagnose steht aber noch aus."

Ich öffnete in meinem Handy unsere WhatsApp-Gruppe. Auch hier hatte Elena sich bereits gemeldet. Ich tippte „Gute Besserung, Elena. Erhol Dich gut. Wir kümmern uns um Deine Sachen." Dann regelte ich die Vertretung. Und machte mich an die Arbeit.

WADIM

Madita Strobel und Wadim Golecki waren seit einem knappen Jahr ein Paar. Kennengelernt haben sie sich in der *Endstation*, einer Eckkneipe von der Sorte, die ihre Gäste rund um die Uhr begrüßte, wo Gestrauchelte, Alkoholiker und Gestalten, von denen die meisten keinen Wecker brauchten, zusammentrafen. Madita war insoweit eine Ausnahme, hatte sie doch jedenfalls ein kleines eigenes Einkommen aus ihrem Teilzeitjob im Sonnenstudio. Die *Endstation* besuchte sie meistens nur am Wochenende, wenn sie Lust auf einen Vodka-Red-Bull hatte. Meistens wurden es dann zwei oder drei, dann fand sich oft auch noch jemand, der einen Averna ausgab und bei Janin anschreiben ließ. Neben der Tatsache, dass die *Endstation* nur zwei Häuserblocks von Maditas Wohnung entfernt lag, war es auch Janin selbst, die für Madita oft ein Grund war, am Abend nochmal rüber zu gehen. Sie hatte für Madita immer ein offenes Ohr und kannte deren Leben inzwischen besser als Maditas Mutter, zu der der Kontakt sich auf ein kurzes Telefonat alle paar Monate beschränkte.

In dieser Nacht vor nicht ganz einem Jahr wurde es wieder einmal spät in der „Endstation". Am Tresen hingen neben Madita drei Männer Mitte bis Ende zwanzig herum, die schon angetrunken zusammen gekommen waren, und außer ihnen noch ein Paar, das Madita hier noch nie gesehen hatte. Madita schätzte ihn auf Mitte fünfzig, sie etwas jünger. Am Ecktisch saß eine gemischte Gruppe von sechs oder sieben Personen, die laut lachten und grölten und offensichtlich viel Spaß hatten, unter ihnen auch Wadim, wie sie später feststellte. An dem Stehtisch neben dem grünen Vorhang hinter dem sich die Eingangstür verbarg ein einsamer Trinker, der mit glasigen Augen stur vor sich hin stierte, dabei sein wer-weiß-wievieltes Bier in sich hineinlaufen ließ. Auf dem Tisch ein voller Aschenbecher, zwischen den gelben Fingern einen kaum noch auszumachenden Zigarettenstummel. Der Jeansjackenträger mit den schulterlangen Haaren aus der Dreiergruppe blickte schon seit einiger Zeit immer wieder zu Madita herüber, die in ihrem enganliegenden Shirt, ihrem kurzen schwarzen Rock, darunter eine Seidenstrumpfhose, und den roten Stiefeletten scheinbar dessen Aufmerksamkeit erregte. Anschließend steckten die drei die Köpfe zusammen und feixten. Madita versuchte sie zu ignorieren und war sich sicher, dass sie gerade dreckige Witze auf ihre Kosten machten. Dann rückte der Jeansjackenträger zu ihr herüber.

„Na, willst' was trinken?" „Nein danke, bin bestens versorgt", versuchte Madita, ein Gespräch im Keim zu ersticken.

„Stell dich nich' so an. Ich geb' ein' aus."

„Ich sagte nein danke, und jetzt lass' mich bitte in Ruhe."

Aus Richtung der anderen beiden hörte sie „Na los Ralle, mach' sie klar!" Der Jeansjackenträger hieß also Ralle, konnte ihr aber auch egal sein. Ralle streichelte Madita über den Oberschenkel und fing sich umgehend eine schallende Ohrfeige ein, was auch am Ecktisch nicht unbemerkt blieb. Der Alte neben dem Eingang stierte weiter geradeaus. Das Pärchen schien mit sich selbst beschäftigt zu sein. Ralle schlug zurück, mit der Faust in das Gesicht. Madita versuchte, sich am Tresen festzuhalten, riss dabei ihren Vodka-Mix und ein leeres Glas um, aus dem Janin zuvor mit ihr getrunken hatte, und fiel schließlich zu Boden. Sie ertastete ihr Gesicht und verteilte das Blut zitternd über ihre Hände auf dem weißen Top. Das Jochbein schwoll augenblicklich stark an. Bald würde das linke Auge zu sein und Madita mindestens für die nächsten zwei Wochen eine Sonnenbrille tragen. Danach sollte es vielleicht mit Makeup gehen. Ralle stand breitbeinig vor ihr und begutachtete sein Werk als er, wie in einer eingeübten Bewegung, von hinten gepackt mit der Brust an den Tresen gedrückt und sein Kopf auf den Tresen geschlagen wurde. Eine Blutlache breitete sich auf dem Tresen aus. Ralle fasste sich mit beiden Händen ins Gesicht und jammerte, kaum zu verstehen, „meine Nase, das Schwein hat mir die Nase gebrochen." Wadim, etwa einen halben Kopf größer, spuckte demonstrativ vor ihm aus, zog Madita am Arm hoch, und beide verschwanden durch den grünen Vorhang.

Ralle hat keine Anzeige erstattet, Madita auch nicht. Mit der Polizei wollte man nichts zu tun haben. Die Gäste der *Endstation* hätten im Falle eines Ermittlungsverfahrens nichts gesehen oder wären zu betrunken gewesen. Janin hätte gerade weggesehen, weil sie ein frisches Fass angeschlossen hätte, das Paar wurde nie wieder gesehen, und der Alte, naja …

§

Eine Woche später zog Wadim bei ihr ein. Viel Platz gab es in ihrer Zwei-Zimmer-Wohnung nicht, aber mehr hatte Wadim auch nicht zu bieten. Er brachte seinen südkoreanischen 55-Zoll-Fernseher und seine japanische Spielkonsole mit. Seine Couch mit dem dunkelgrauen Cordbezug hatte er erst vor kurzem günstig erstanden, so dass sie auch Maditas deutlich in die Jahre gekommenes Sofa gegen Wadims besseres Möbelstück austauschten. Dann waren da noch Wadims gesammelte Motorradzeitschriften, von denen er sich nicht trennen wollte und schließlich ein viel zu viel Raum einnehmender Sitzsack, der insbesondere Madita gefiel, in dem kleinen Wohnzimmer aber nicht sinnvoll zu platzieren war und daher, in eine Ecke gequetscht, zunächst als Ablage für die Motorradzeitungen diente.

Zwei Monate später war Madita schwanger. Geplant war die Schwangerschaft nicht. Die beiden gingen einfach ein wenig sorglos mit dem Thema Verhütung um. Sie wussten nicht, ob Wadims Gehalt als Eisenflechter und das Kinder- und Elterngeld für die kleine Familie reichen würde. Ansonsten würde man aufstocken müssen, dachte Madita. Wadim machte auf Madita den Eindruck, als hätte er noch gar nicht richtig realisiert, Vater zu werden. Madita hatte ein wenig Angst vor den Herausforderungen, die ihr bevorstanden, auch war sie sich noch nicht sicher, ob Wadim einen guten Vater abgeben würde, aber die Freude auf eine kleine Tochter oder einen Sohn, das war ihr ziemlich egal, überwog dann doch. Sie würde es besser machen als ihre Eltern. Nein, sie *beide* würden es besser machen. Die Vorstellung einer Familie mit Wadim als Vater war ihr immer noch etwas fremd. Es brauchte eben noch etwas Zeit. Beide müssten sich erst noch an ihre Schwangerschaft gewöhnen und dann würden sie eine ganz normale Familie werden. Madita wollte eigentlich auch immer mindestens zwei Kinder und würde dafür sorgen, dass diese jederzeit füreinander da wären, so wie auch sie für die beiden da sein werde. Zu ihrem älteren Bruder hatte Madita seit Jahren keinen Kontakt mehr. Zuletzt hatte er irgendwo in Duisburg gewohnt, hatte sie gehört. Ihr Vater war vor zweieinhalb Jahren an Krebs verstorben.

Madita genoss die gemeinsamen Abende an ihren freien Tagen mit Wadim vor dem Fernseher. Gerne sahen sie dann gemeinsam Reality-Shows, am liebsten Dating-Formate, wenn sie sich nach der Arbeit beeilte und nicht, wie so häufig, zu Sonderschichten eingeteilt wurde. Es war schön, nicht mehr allein zu sein. Nur redeten sie nicht viel miteinander. Madita wusste auch nichts von Wadims Vorstrafen. Wadim sah keine Veranlassung, ihr davon zu erzählen, und sie hatte natürlich nicht danach gefragt. *Welche Musik hörst du gerne? Wohin fährst du gerne in den Urlaub? Bist du vorbestraft und falls ja, weswegen? Warst du schon im Knast?*

Sie wusste nicht, dass er wegen Drogenhandels verurteilt wurde, dass er auf dem Bahnhof einen Jugendlichen zu Boden geschlagen hatte, weil der ihn angeblich angerempelt hatte und dass er erwischt worden war, wie er zusammen mit einem nie ermittelten Mittäter die Glastür auf der Rückseite der Goetheschule eingeschlagen und drei mitgebrachte Sporttaschen mit Laptops vollgepackt hatte.

Auch Madita hat bereits Erfahrungen mit der Justiz, allerdings weniger strafwürdig als Wadim. Als Jugendliche fiel sie einem Ladendetektiv auf, wie sie sich zusammen mit einer Freundin im Drogeriemarkt einige Kajalstifte und Eyeliner in die Jackentasche steckte. Dafür gab es im vorgelagerten Diversionsverfahren, also in direkter Veranlassung durch die Polizei, zehn Stunden gemeinnützige Arbeit. Später, mit etwa Mitte zwanzig verkaufte sie über Ebay einen Thermomix zum Schnäppchenpreis von vierhundertdreißig Euro und ließ sich den Betrag über Paypal-Friends auf ihren Account überweisen. Überflüssig zu erwähnen, dass Madita nie einen

Thermomix besessen hat. Vielleicht sollte man sich seine Freunde doch besser nicht über Paypal suchen. Die Handyschulden und eine Tierarztrechnung für ihr Kaninchen, welches am Ende doch eingeschläfert werden musste, hätten sie dazu gezwungen. Dafür gab es eine Geldstrafe von dreißig Tagessätzen, die sie über zwei Jahre abstotterte. Sie hatte erst später verstanden, warum Geldstrafen in Tagessätzen bemessen werden. Ein Tagessatz errechnet sich aus dem Monatseinkommen abzüglich möglicher Unterhaltspflichten durch dreißig. Für jeweils zwei Tagessätze gibt es einen Tag Ersatzfreiheitsstrafe, wenn sie ihrer Ratenzahlungspflicht nicht nachkommt, erklärte ihr die Rechtspflegerin der Staatsanwaltschaft am Telefon.

Nur widerwillig stimmte Maditas Chef einer Änderung ihrer Schichten im Sonnenstudio zu. An ein paar Tagen der Woche konnte sie nun vormittags arbeiten. Da hatte sie dann auch etwas weniger zu tun. Vor allem aber hatte sie so mehr gemeinsame Zeit mit Wad, wie sie ihn inzwischen nannte. Wad ging jeden Tag früh aus dem Haus und wurde von Kollegen mit dem Firmenbus abgeholt. Die Männer fuhren dann zu wechselnden Baustellen. Gegen vier am Nachmittag war er zurück. Zu dieser Zeit hatte Madita vor ihrem Tausch, gerade eine Stunde ihrer Schicht hinter sich. Es hatte also kaum gemeinsame Zeit gegeben. Das war jetzt besser.

Zu ihrem Geburtstag überraschte er sie mit einer Übernachtung im Tropical Islands. Abenteuer-Lodge inclusive Frühstück und Eintritt ins Spaßbad für zweihundertfünfundneunzig Euro. Mit so etwas hatte sie nicht gerechnet. Ein so tolles Geschenk hatte sie noch nie bekommen. Wadim war sonst eher phantasielos. Aber war sie selbst eigentlich besser? Wenn sie mal raus wollten, gingen sie meistens doch wieder in die *Endstation*.

Als Wadim eines Abends die letzte schon kalt gewordene Pizzaecke, die Madita übriggelassen hatte, aus der Pappschachtel nahm, war Madita im Bad unter der Dusche. Ihr Smartphone lag auf dem Wohnzimmertisch. Sonst hatte sie es immer bei sich. Das Entsperrmuster hatte Wadim einmal gesehen als Madita ihr Handy freigab. Es war sehr einfach, daher hatte er es sich merken können. Er griff ohne Nachzudenken nach dem Handy, betrachtete es für einen Augenblick und legte es wieder zurück. Das Rauschen des Duschwassers brach ab, Madita huschte mit einem um den Körper gewickelten Handtuch und einem Turban auf dem Kopf über den Flur ins Schlafzimmer. Wadim griff wieder nach dem Handy. Warum, wusste er selbst nicht. Es war eher ein Impuls. Er zeichnete das kleine „u" und erweckte das I-Phone zum Leben. Tinder! Er glaubte es nicht. Sie war tatsächlich hinter seinem Rücken auf Tinder unterwegs. Wadim sprang auf und hastete in Richtung Flur. Bestimmt betrog sie ihn schon länger. Die Sonderschichten im Solarium …

„Hvorka!" rief er ihr entgegen als er sie, immer noch in ein Handtuch eingewickelt, wieder im Bad antraf und ihr das Handy vor das Gesicht hielt. „Du Hure betrügst mich!"

„Du spionierst mir nach? Was machst du mit meinem Handy? Gib das her."

Wadim schleuderte ihr Handy auf den Badezimmerboden und holte mit der Faust aus. „Du bist ja gestört", rief sie und schlug mit dem nassen Handtuch, welches sie gerade noch auf dem Kopf getragen hatte, nach Wadim. Der entriss ihr das Handtuch, wodurch sie ins Straucheln kam und trat ihr in die Seite. Madita stürzte in der Dusche zuerst mit dem Kopf gegen die Wand und dann, nachdem sie das Handtuch verloren hatte, nackt zu Boden. Das Blut ihrer Kopfplatzwunde hinterließ rote Schlieren an den Wandfliesen und in der Duschwanne. Wadim ging ins Wohnzimmer und schaltete den Fernseher ein, während Madita sich langsam aufrappelte, das Blut an ihrem Kopf abtupfte und sich den geprellten Ellenbogen hielt.

Zwanzig Minuten später klingelte es an der Tür. Dann ein Klopfen. „Polizei, bitte aufmachen!" Madita hatte sich inzwischen soweit wieder hergerichtet. Ihr Kopf schmerzte noch, blutete aber nicht mehr. Die linke Seite tat ihr auch weh, dort wo Wadim sie getreten hatte. Sie öffnete und rieb sich immer noch den Ellenbogen.

„Es wurde gemeldet, dass es hier einen Streit gegeben hat. Dürfen wir mal reinkommen?"

Die Alte von nebenan musste sich wieder einmischen, dachte Madita. Eigentlich wollte sie mit der Polizei nichts zu tun haben, beantwortete nun aber doch die Fragen des jungen Polizisten, schilderte ihm, was vorgefallen war. Der etwas ältere und leicht untersetzte Kollege begab sich währenddessen ins Wohnzimmer und befragte Wadim.

„Nichts war hier los, Scheiß-Bulle", empörte der sich. „Die ist in der Dusche ausgerutscht, und jetzt gehe ich." Vermutlich wollte er den Abend lieber in der *Endstation* verbringen als sich weitere Vorhaltungen und Fragen der Polizei anzuhören.

„Sie gehen erstmal nirgendwo hin", bekam er zu hören.

Wadim versuchte, sich im Wohnungsflur an dem Polizeibeamten vorbei zu drängen, wurde von diesem aber mit ausgestrecktem Arm auf Abstand gehalten. Es war wieder einmal die Balance zwischen Durchsetzung und Deeskalation gefragt. Bei einem weiteren Versuch brachte Wadim die Ellenbogen zum Einsatz und trat seinem Gegenüber gegen das Knie.

§

Schließlich hatte ich über den Vorgang zu entscheiden. Madita Strobel hatte sich entschieden, keinen Strafantrag zu stellen. Ich hielt es für eine gute

Idee, in diesem Fall dennoch, oder auch gerade darum, zuerst einmal die Gerichtshilfe zu beauftragen, einen Opferbericht zu erstellen. Die Mitarbeiterinnen haben allesamt Sozialpädagogik oder Soziale Arbeit studiert und erledigen derartige Aufträge mit viel Sachverstand und Einfühlungsvermögen.

Schnell kam die Akte zurück. Laut Opferbericht gab Madita Strobel sich und Wadim noch eine Chance. Auch wäre es ja irgendwie ihre eigene Schuld gewesen, wegen Tinder. Wadim habe sie erklärt, dass sie sich nur so zum Spaß mal auf der Kontaktbörse umgesehen hatte. Das hätte nichts zu bedeuten. Dann habe sie ja auch mit dem Handtuch geschlagen und sei dabei hingefallen, erklärte sie der Gerichtshelferin. Wenn die Polizeibeamten etwas anderes in ihren Bericht geschrieben haben, dann hätten sie wohl etwas falsch verstanden.

Dass sie am nächsten Tag das Kind verloren hat, würde ihr aber noch sehr zu schaffen machen.

Wadim hatte die Vorwürfe der tateinheitlich begangenen vorsätzlichen Körperverletzung, des Schwangerschaftsabbruchs und der Sachbeschädigung bestritten. Ich entschied, die Taten nicht anzuklagen. Würde ich Madita Strobel widerwillig als Zeugin vor Gericht bringen lassen, würde sie sich vermutlich wegen Falschaussage strafbar machen.

Ein Schwangerschaftsabbruch gegen den Willen der Schwangeren ist nach § 218 des Strafgesetzbuches mit einer Freiheitsstrafe von sechs Monaten bis zu fünf Jahren bedroht. Nach dem vorliegenden ärztlichen Gutachten ließ sich eine Kausalität zwischen der Tat und dem Verlust des Kindes nicht mit der erforderlichen Sicherheit feststellen. Vielmehr habe es sich ohnehin um eine Risikoschwangerschaft gehandelt, wie ich in der abschließenden Bewertung erfuhr. Ob die vielen Abende in der *Endstation* damit zu tun hatten, hatte ich nicht zu beurteilen.

Wegen des Vorwurfs eines tätlichen Angriffs auf Vollstreckungsbeamte in Tateinheit mit Körperverletzung und Beleidigung beantragte ich den Erlass eines Strafbefehls über einhundertfünfzig Tagessätze zu je fünfzig Euro, orientiert an Wadim Goleckis Einkommensverhältnissen. Glücklicherweise hat der Polizeibeamte außer Schmerzen keine Schäden erlitten, so dass eine kurze Freiheitsstrafe, die das Gesetz hierfür eigentlich vorsieht, in eine Geldstrafe umgewandelt werden konnte. Das Gericht erließ den Strafbefehl antragsgemäß. Wadim legte keinen Einspruch ein. Die Sache wurde rechtskräftig.

§

Nach diesem Abend war es zwischen Madita und Wadim nicht mehr wie zuvor. Sie stritten häufig, oft über

Belanglosigkeiten. An einem Samstagabend, sie waren zuvor im Kino, kam es, kaum dass sie die Wohnung betreten hatten, erneut zu einem heftigen Streit. Was den Streit auslöste wurde nie bekannt.

Der Rettungswagen wurde von der Einsatzleitstelle in die Mühlenstraße 43, zweites Obergeschoss rechts geschickt. Ein anonymer Anrufer hatte eine schwer verletzte Person gemeldet. Der Rettungswagen war bereits vor Ort, die Hausfassade wurde rhythmisch wiederkehrend blau erleuchtet. Aus dem Inneren des Rettungswagens schien durch die geöffneten Hecktüren hell gleißendes Neonlicht auf den breiten Gehweg. Trotz der späten Stunde versammelten sich bereits einige Schaulustige um das Geschehen. An den Fenstern wurden Vorhänge beiseitegeschoben. Nachbarn drückten neugierig ihre Nasen an die Fenster. Dann trafen fast zeitgleich ein Funkstreifenwagen und ein ziviles Polizeifahrzeug ein, sicherten den Rettungswagen ab. Zwei Kripobeamte nahmen durch die offenstehende Haustür die Treppe zur Wohnung Strobel. Zwei Beamte aus dem Einsatzwagen sperrten den Bereich vor dem Hauseingang mit Trassierband ab und drängten die Gaffer zurück. Auf so etwas reagierten die Ordnungshüter inzwischen sehr sensibel. „Handys weg, aber ganz schnell. Sonst kassier' ich die ein, und euch gleich mit." Polizeihauptmeisterin Özgür wollte keine Videos vom Einsatz, von sich und erst recht nicht von der verletzten Person bei Facebook sehen.

Hauptkommissar Cordes sah noch vor Betreten der Wohnung die große Blutlache im Flur. Er streifte seine

Gummihandschuhe über, als er von den Sanitätern beiseitegeschoben wurde, und diese Madita, auf der Trage festgegurtet, zügig und routiniert an ihm vorbei trugen. „Stich in den Bauch. Dürfte wohl ein Küchenmesser gewesen sein. Es ist ernst, aber ich glaube, sie kommt durch", informierte die Notärztin ihn im Vorbeigehen knapp und deutlich.

Cordes betrat die Wohnung. Gleich rechts die Küche, zur Straße ausgerichtet, daneben etwa drei Meter weiter den Flur hinunter das Wohnzimmer. Gegenüber der Küche ein kleines Bad. Dem Wohnzimmer gegenüber lag das Schlafzimmer. Die Blutlache erstreckte sich von der Türschwelle des Wohnzimmers über den Dielenboden bis an die Türschwelle des Schlafzimmers. An der Wand eine blutige Schmierspur und verwischte Handabdrücke in Richtung Wohnungstür. In der Mitte des Flures wieder eine Blutlache, diese aber deutlich kleiner als die vor dem Wohnzimmer. Madita Strobel dürfte vor dem Wohnzimmer niedergestochen worden sein. Dann hat sie sich noch etwa zwei Meter Richtung Wohnungstür geschleppt, wo sie zusammengebrochen ist. Soweit war der Fall klar, dachte Cordes. Sein Partner, Hauptkommissar Peemöller, kam aus der Küche. „Keine Tatwaffe! In den anderen Räumen auch nicht. In der Küche steht ein Messerblock. Da fehlt eins, mittlere Größe, schätze zwölf bis fünfzehn Zentimeter Klinge."

„Mal abwarten, was die Ärzte sagen, kommentierte Cordes"

Es sah ganz nach einer Beziehungstat aus. *Strobel/Golecki* hatte Cordes am Klingelschild gelesen und in seinen Bericht aufgenommen. Golecki hatte er doch erst vor kurzem vernommen. Den Vorgang hatte er von einem Kollegen übernommen. Da ging es auch um häusliche Gewalt. Von Madita Strobel konnte er heute keine Informationen mehr erwarten.

Um 23:15 Uhr klingelte meine Bereitschaftshandy. Cordes war am Apparat. Nachdem er die wichtigsten Informationen losgeworden war, wollte er einen Haftbefehl erwirken. „Golecki ist flüchtig. Muss kurz vor unserm Aufkreuzen verschwunden sein. Wahrscheinlich hat er auch den Notruf abgesetzt. Die Handynummer wurde schon gecheckt. Ist aber nicht registriert."

„Was haben wir denn an Beweismitteln?, wollte ich wissen."

„Die Tatwaffe haben wir noch nicht. Wir haben die Blutspuren. Die sind aber ausschließlich vom Opfer, wie es aussieht."

„Was haben wir wirklich?"

„Naja, die Tür wurde offensichtlich nicht aufgebrochen. Strobel wohnte mit Golecki zusammen. Jetzt ist er verschwunden."

„Zeugen? Nachbarn vielleicht? Gibt es Hinweise zum Ablauf vor der Tat?"

„Nein, nichts. Sieht alles normal aus, mit Ausnahme der Blutlache natürlich."

„Das reicht nicht. Golecki kann auch seine Mutter in Polen besucht haben und Strobel hat sich die Zeit mit jemand anderem vertrieben. Das haut mir der Ermittlungsrichter um die Ohren."

Dass man DNA und Fingerabdrücke von Golecki in der Wohnung finden würde lag auf der Hand. Schließlich wohnte er dort. Dennoch sollten die Ermittlungen erstmal in Richtung Golecki laufen. Vielleicht wäre Strobel ja bald vernehmungsfähig.

§

Strobel war außer Lebensgefahr. Sie hatte viel Blut verloren und es wurden auch innere Organe verletzt, aber die Ärzte taten ihr Bestes und sie würde wohl keine bleibenden Schäden zurückbehalten.

§

Die Kapitalabteilung, zuständig für Mord und Totschlag, lehnte die Übernahme ab. Madita Strobel wurde nicht getötet. Auch würde man den Anfangsverdacht des versuchten Totschlags nicht sehen.

Hätte der Täter sie töten wollen, hätte er das schließlich noch tun können. Tatsächlich hatte er aber nur einmal zugestochen. Dass ihr die Klinge etwa zehn Zentimeter tief in den Bauch gerammt wurde, erwähnte der Kollege nicht.

Nun hatte ich *nur* wegen gefährlicher Körperverletzung zu ermitteln. Auf meine Nachfrage im Krankenhaus wurde mitgeteilt, dass Strobel wach und ansprechbar sei. Sie wurde noch am selben Tag von den ermittelnden Polizeibeamten aufgesucht. Das Sprechen fiel ihr noch etwas schwer. Sie erzählte von ihrem Streit mit Golecki. Unter Tränen erinnerte sie sich an ihre Panik als er mit dem langen Küchenmesser und einem wütenden Blick, wie sie ihn bei Wadim noch nie gesehen hatte, im Flur auf sie zugestürmt war. Plötzlich boxte er ihr in den Bauch, hatte sie gedacht. Dann sah sie, wie er das Messer aus ihrem Bauch zog. Sie spürte in diesem Augenblick keinen Schmerz. Sie presste nur die Hände auf den Bauch, konnte die Blutung aber nicht stoppen.

Die Schmerzen spürte sie erst als Wadim mit dem Messer in der Hand aus der Wohnung ins Treppenhaus gelaufen war. Was dann passierte, wusste sie nicht mehr. Sie konnte auch nicht sagen, wo Wadim sich nun aufhalten könnte, außer vielleicht in Polen.

§

Mein Telefon klingelte. Ich setzte das Headset auf und drückte die Empfangstaste. „Cordes hier, hallo. Wir konnten mit Strobel sprechen. Sie hat Golecki als Täter benannt."

„Hat sie eine Idee, wo er stecken könnte?"

„Nein, überhaupt nicht. Vielleicht in Polen allenfalls."

„Alles klar. Vielen Dank. Ich kümmere um einen Haftbefehl."

Es dauerte nicht lange, bis Golecki festgenommen und in die U-Haft überstellt wurde. Sein Pflichtverteidiger beantragte beim zuständigen Ermittlungsrichter einen Haftprüfungstermin. Pünktlich um zehn Uhr morgens betrat ich das Richterzimmer. Golecki wurde vorgeführt und setzte sich zusammen mit dem ihm beigeordneten Pflichtverteidiger an den runden Tisch. Die Handschellen wurden ihm abgenommen. Richter Küpperbusch hielt das für vertretbar. Küpperbusch saß in Bermudashorts und kurzärmeligem Hemd hinter seinen Schreibtisch, was mich wenig überraschte, hatte ich Küpperbusch doch auch schon in der Hauptverhandlung erlebt, wie er in einer Sitzungspause hinter dem Richtertisch hervortrat und unter der Robe seine nicht gerade sonnenverwöhnten Unterschenkel zum Vorschein kamen. Küpperbusch gehörte eben noch zu den alten Haudegen, kurz vor der Pensionierung. Ich mochte ihn. Leider gab es von denen nicht mehr viele. Jetzt kamen überall die Jungen nach, sicherlich sehr gute Leute, aber eben anders. Ich selbst trug Jeans, Hemd und ein Sakko. Der Verteidiger trug Oberhemd ohne Kravatte, welches über seinem enormen Bauch spannte und aus der Hose gerutscht war, unter beiden Armen Schweißflecken bis dorthin, wo man einen Gürtel vermutete.

„So, was haben wir denn?" eröffnete Küpperbusch. Ich trug die Sachlage und den Stand der Ermittlungen vor und beantragte schließlich die Fortdauer der Untersuchungshaft. Verteidiger Oldenswort beantragte für seinen Mandanten, den U-Haftbefehl aufzuheben. Ein dringender Tatverdacht sei nicht gegeben.

Küpperbusch hob die Augenbrauen „Ich bitte um Erläuterung."

„Einziges Beweismittel wäre die Aussage der vermeintlich Geschädigten." Vermeintlich! Oldenswort wollte doch nicht ernsthaft in Frage stellen, dass Strobel ein Messer in den Bauch gerammt bekommen hat.

„Die Aussage der Verlobten meines Mandanten ist nicht verwertbar gemäß § 52 StGB."

„Verlobt also …", wiederholte Küpperbusch.

Von einem Verlöbnis war nichts bekannt. Insbesondere nach der Tat würde Madita Strobel Golecki wohl kaum noch heiraten wollen. Obwohl, ich hatte schon so einige Überraschungen erlebt.

„Die Zeugin wartet draußen" legte Oldenswort nach.

Küpperbusch erhob sich und überzeugte sich von deren Anwesenheit auf dem Flur „Frau Strobel, würden Sie bitte mal reinkommen?"

Madita Strobel bewegte sich nur langsam und musste sich mehrfach an der Wand abstützen. Sie hatte sich am Vortag auf eigene Verantwortung selbst aus der Klinik entlassen. Strobel bestätigte das Verlöbnis mit Golecki.

Ich konnte wirklich nicht verstehen, was eine Frau veranlasste, ihrem Peiniger auf diese Weise zu helfen. - Ihn aus der U-Haft zu holen. War es finanzielle Abhängigkeit, psychische Abhängigkeit, Repressionen? Der Kerl hatte sie fast umgebracht.

„Wann haben Sie sich denn verlobt und wann beabsichtigen Sie zu heiraten?" versuchte es Küpperbusch.

„Verehrter Herr Küpperbusch, das spielt doch keine Rolle" mischte Oldenswort sich ein. – Und er hatte leider Recht.

„Verlobt haben wir uns gestern. Wann wir heiraten, steht noch nicht fest, vielleicht im nächsten Jahr."

Tatsächlich begründet ein ernsthaftes Eheversprechen ein Zeugnisverweigerungsrecht. So unglaubwürdig diese Geschichte auch war, man wird nicht mit der nötigen Sicherheit das Gegenteil beweisen können. Es wurde Zeit, dass ein Verlöbnis als Zeugnisverweigerungsgrund aus dem Gesetz gestrichen würde. Um dieses Recht nicht aushebeln zu können, ist nach herrschender Rechtsprechung auch die Aussage der Zeugnisverweigerungsberechtigten durch Verlesung ihrer Aussage gegenüber der Polizei oder durch Vernehmung der Beamten, die die Vernehmung durchgeführt haben, ausgeschlossen. Einzig eine Vernehmung durch einen Ermittlungsrichter wäre verwertbar. Dazu hatte es bislang jedoch keine Veranlassung gegeben. In diesem Moment ärgerte ich mich, dass ich diese Beweissicherungsmaßnahme nicht jedenfalls versucht hatte. Vielleicht hätte Strobel dann Angaben gemacht, die jetzt verwertbar wären. – Aber welcher Richter hatte schon Lust, die Zeugin im Krankenhaus aufzusuchen, nachdem sie vor der Polizei ohnehin schon ausgesagt hat.

„Der Haftbefehl wird aufgehoben" verkündete Küpperbusch. Oldenswort erhob sich mühsam, griff seine dünne Aktentasche und ließ Golecki und Strobel den Vortritt, um seinen Sieg noch etwas auszukosten.

§

Zurück im Büro wurde ich überschwänglich von meinem Bürohund begrüßt. Für den kurzen Moment hatte ich sie auch mal allein lassen können. Aber nun schlängelte sie sich um meine Beine und stupste mich immer wieder mit der Nase an. Es wurde Zeit für die kurze Vormittagsrunde durch den Stadtpark. Am Abend wird sie bei einer ausgiebigen Tour durch Wald und Wiesen noch auf ihre Kosten kommen. Ich hatte schon die Leine in der Hand als es klopfte und Nicole, die meine Geschäftsstelle leitet, eintrat.

„Hallo Carl, ich habe hier ein Fax für dich, soll sehr eilig sein."

„Hallo Nicole, zeig' mal her", sagte ich und nahm ihr das Papier ab.

Noch im Stehen überflog ich den Ausdruck. – *Es gab in der Justiz tatsächlich noch Faxe.*

„Das kann doch nicht wahr sein, was für eine Schlamperei."

Zuerst wusste ich nicht, ob ich mich ärgern sollte, weil die Information mich jetzt erst - nach Tagen – erreichte oder sollte ich froh sein über die überraschende Wendung. Ich war gespannt auf Oldensworts Gesicht.

„Nicole, gehst du heute wieder zum Bäcker?"

„Ja, gleich, wieso?"

„Könntest du Wilma ausnahmsweise mal kurz mit rausnehmen?"

„Klar, mache ich gerne. Wir zwei verstehen uns ja eigentlich ganz gut."

§

An dem Abend als Strobel niedergestochen wurde führte Polizeioberkommissar Schüller in der Mühlenstraße 86 aus der Wohnung im zweiten Obergeschoss eine Observierung durch. Sie war Teil von Ermittlungen wegen Drogenhandels in größerem Umfang. Die Tatverdächtigen gingen in der Wohnung im Erdgeschoss links im Haus neben Maditas Wohnung ein und aus.

Schüller wurde auf eine Rangelei zwischen zwei Personen, einem Mann und einer Frau, direkt gegenüber in der hell erleuchteten Wohnung Mühlenstraße 43, zweites Obergeschoss rechts, aufmerksam. Das hatte doch irgendwie etwas von *Das Fenster zum Hof* mit James Steward und Grace Kelly, Regie von Alfred Hitchcock. Eingreifen habe Schüller nicht können, da er die Observation in dieser Schicht allein führte und seinen Posten nicht verlassen durfte. Bislang war es ja auch nur eine Rangelei. Dennoch informierte er über Funk seine Vorgesetzten.

Ich las weiter. Durch das rechte Fenster hatte Schüller sehen können, wie beide Personen sich gegenseitig schubsten, und sich dann an den Armen festhielten. Der muskulöse Mann mit hohem Haaransatz und sehr kurzer Stoppelfrisur löste den Griff und schubste die Frau gegen den Türrahmen. Dann verschwand er kurz und tauchte hinter dem linken Fenster im Hintergrund wieder auf. Dort senkte er den Blick ein wenig und griff scheinbar nach irgendetwas. Alles ging sehr schnell. Abrupt drehte er sich um und war wieder bei der Frau hinter dem rechten Fenster zu sehen.

Im nächsten Augenblick sackte die Frau nach unten. Mehr hatte Schüller nicht sehen können. Er berichtete seinen Vorgesetzten, die sich umgehend um alles Weitere kümmern wollten. Die Leitstelle entsandte die Kollegen und auch den Rettungswagen zum Tatort. Schüller behielt das Haus im Blick. Der Täter musste durch den Hinterausgang geflüchtet sein. Vermutlich wollte er von dem jungen Pärchen nicht gesehen werden, das gerade nach Hause kam.

Die Einsatzleitstelle bestätigte später, dass ein anonymer Anrufer, vermutlich Golecki selbst, den Notfall gemeldet hatte. Da sei man aber bereits informiert gewesen, hieß es jetzt.

Schüller erkannte Golecki später in der polizeilichen Lichtbildkartei eindeutig als Täter wieder. Seine Beobachtungen waren mit den am Tatort aufgefundenen Blutspuren in Übereinstimmung zu bringen. Aufgrund irgendeines Verständigungsproblems sei der Bericht erst heute rausgegangen, entschuldigte sich Schüllers Dienstgruppenleiter.

§

Golecki kam mit zwei Jahren auf Bewährung davon. Die letzte Vorstrafe lag schon ein paar Jahre zurück. Madita hat glücklicherweise keine bleibenden Schäden davongetragen. Ein Interesse an der Strafverfolgung hatte sie nicht.

§

Etwa ein Jahr später, als die Bewährung widerrufen wurde, weil Golecki sich nicht an die Bewährungsauflagen hielt, Termine bei seiner Bewährungshelferin ignorierte und insbesondere weitere Male im Bereich der Körperverletzung straffällig wurde, war Madita erneut im fünften Monat schwanger.

PATRICK

Auf meinen Lieblingssohn, prostete Henning Selbach der Runde zu. Es brauchte sich dadurch natürlich niemand zurückgesetzt zu fühlen, denn Patrick war der einzige Sohn von Henning und Ursula Selbach. Mit am runden Tisch des Steak-Houses, den Patricks Mutter am Freitagnachmittag gerade noch rechtzeitig reservieren lassen hatte, saßen außer Patrick und seinen Eltern auch noch Patricks zwei Jahre jüngere Schwester Emma, seine Freundin Julia und die Großeltern mütterlicherseits, die eine Einliegerwohnung im Obergeschoss des Hauses seiner Eltern bewohnten. Emma, gerade erst neunzehn geworden, hatte noch nie einen festen Freund, stattdessen war fast überall ihre beste Freundin Jacqueline dabei, außer heute. Patrick war sich ziemlich sicher, dass seine Schwester Julia eher auf Frauen steht, aber das wäre für ihn auch in Ordnung. Seine Eltern hätten damit auch kein Problem. Insbesondere Henning bezeichnete sich immer als weltoffen und tolerant. Nur hätte Patricks Vater das Gefühl, dass Diversität und *Queerness* heute zu sehr in den Focus gerückt und die Betroffenen auf ein Podest gestellt würden. Es solle doch jeder einfach machen, was er will, sagte er immer. Er würde an der Bushaltestelle doch auch nicht den Wartenden auf die Schulter klopfen, *hey Sie, entschuldigen Sie. Ich bin übrigens hetero, nur falls Sie es noch nicht wussten.*

Das Essen wurde von „Roby" gebracht. Eine kleine elektronische Servicekraft auf Rollen „Ihre Bestellung, guten Appetit!"

Sie stießen noch einmal miteinander an und feierten Patricks Abschluss. Die Jahre der Ausbildung zum Elektroniker für Betriebstechnik lagen nun hinter ihm. Mit Schwartbruck-Kruse Naval Solutions, kurz SKNS, hatte er einen Top-Ausbildungsplatz bekommen, wie ihm alle bestätigten, zumal seine schulischen Leistungen nicht die allerbesten waren. Vom Gymnasium wechselte er nach der siebten Klasse auf die Gemeinschaftsschule. Geschichte, Deutsch und die Fremdsprachen lagen ihm nicht. Auch hat er sehr viel Zeit in seinem Billard-Club verbracht. Auf der Gemeinschaftsschule lief es etwas besser. Patrick absolvierte den mittleren Schulabschluss mit durchschnittlichen Noten.

§

SKNS hatte zum einen, wie alle anderen Ausbildungsbetriebe, mit dem Bewerbermangel zu kämpfen, hatte andererseits aber auch gute Erfahrungen gemacht mit interessierten und engagierten Bewerbern, die nicht die besten Noten mitbrachten. Tatsächlich glaubte Patrick, mit der Elektronik seine Bestimmung gefunden zu haben und konnte mit überdurchschnittlichen Leistungen überzeugen. Natürlich hat SKNS ihn gerne übernommen.

Er war nun Elektroniker, und es sollte am Montag direkt losgehen. Mit seinen Freunden würde er morgen noch etwas feiern. Urlaub in sechs Wochen, das hatte er mit seinem Chef schon besprochen. Zusammen mit Julia nach Kreta. Hoffentlich gibt es dann keine Rekordhitze oder Waldbrände oder Dauerregen. Wo konnte man überhaupt noch Urlaub machen? Früher, als er mit seinen Eltern und seiner Schwester im Urlaub war, war es eigentlich immer schön. Mit Julia war er bisher einmal für vier Tage auf Mallorca und zweimal zelten, einmal in Dänemark und einmal auf Usedom. Bis zum Urlaub hätte er auf jeden Fall auch sein erstes richtiges Gehalt.

Morgen würde er das Firmengelände von SKNS sicher mit einem ganz neuen Gefühl betreten. Er war kein Azubi mehr.

§

Im Stab des U-Boot-Geschwaders herrschte an diesem Morgen routinierte Betriebsamkeit. Hier wurden die Einsätze der acht Boote der Klasse 212a und der

Besatzungen gemäß Weisungen der Flottille und des Flottenkommandos koordiniert und die Einsatzbereitschaft der Systeme sichergestellt.

Die etwa vierhundert Millionen Euro teuren, sechsundfünfzig Meter langen nahezu antimagnetischen Brennstoffzellenboote sind mit dem stromlinienförmigen Rumpf mit zylindrischem Mittelschiff auf hohe Unterwassergeschwindigkeiten ausgelegt und können mittels AIP, dem außenluft-unabhängigen Antrieb, wochenlang getaucht operieren. Die exakte Dauer war geheim. Die siebenundzwanzig Mann starke Besatzung verfügt dabei heutzutage über Annehmlichkeiten wie eine eigene Koje, jedenfalls für die meisten Besatzungsmitglieder, frisches Wasser für das tägliche Duschen und sogar eine Möglichkeit Sport zu treiben, natürlich auf recht beengtem Raum.

Zwei der acht Boote waren auf Übungsfahrt in der Ostsee, zwei Boote im Auslandseinsatz, ein Boot war mit seiner Besatzung am Ende der Werftliegezeit auf Werfterprobungsfahrt und sollte anschließend mit seiner Besatzung zum Schiffssicherungstraining. Ein Boot lag an der Mole, ein Boot im Marinearsenal und ein Boot, U38, lag noch in der Werft. Es waren nur noch wenige Restarbeiten auszuführen.

Korvettenkapitän Pilch vom Geschwaderstab traf sich jeden Montag um acht Uhr morgens in seinem Dienstzimmer mit dem Kommandanten von U38, Kapitänleutnant Röder, dessen ersten Wachoffizier,

Oberleutnant zur See Carstensen und dem Schiffstechnikoffizier Oberleutnant zur See Moritz Linke, um den jeweiligen Wochenplan abzustimmen. Obwohl das Boot in der Werft lag und nicht einsatzfähig war, befand sich noch eine Rumpfbesatzung an Bord. Andere Besatzungsmitglieder, die während der Werftliegezeit nicht unbedingt gebraucht wurden, sind auf andere Boote abkommandiert worden oder wurden auf Weiterbildungslehrgänge geschickt. Der Funkmaat hatte sich zu einem Sportlehrgang abgemeldet, ein insbesondere für U-Boot-Fahrer aber auch Besatzungsmitglieder anderer Einheiten vorgesehener Lehrgang zur Steigerung der körperlichen Fitness. Auch war die Werftzeit eine gute Gelegenheit, um angesammelte Urlaubstage abzubauen.

Röder und Carstensen fuhren von der Werft aus gemeinsam in dessen Privatwagen zum Stabsgebäude, so konnten sie sich während der Fahrt noch einmal kurz besprechen. Linke hatte heute wegen einer wichtigen privaten Angelegenheit einen Tag frei genommen.

„Moin Herr KaLeu, moin Herr Oberleutnant. Kap'tän Pilch erwartet Sie schon", wurden sie auf dem Flur von einem Soldaten gegrüßt, der Ihnen mit einem Laptop unter dem Arm entgegenkam und es scheinbar eilig hatte.

Pilchs Büro lag am Ende des Flures auf der linken Seite. Von hier aus hatte er, wie außer ihm nur der Kommandeur, einen direkten Blick auf die Mole. Pilch erhob sich hinter seinem Schreibtisch und gab beiden die Hand. „Kaffee?"

„Danke, Malte, für mich nicht." Röder trank seit ein paar Wochen nur noch grünen Tee. Er meinte wohl, das wäre gesünder.

„Für mich gerne, Herr Kap'tän schwarz wie immer." Carstensen war noch nicht lange im Geschwader und mit Korvettenkapitän Pilch noch nicht so vertraut wie sein Kommandant, der Pilch bestimmt schon seit zehn Jahren kannte. In seiner letzten Verwendung war Röder 1WO unter Pilch als Kommandant. Da hatten sie einiges zusammen durchgemacht.

Es wurde der Wochendienstplan für die Besatzung besprochen. Pilch gab Informationen der Werft weiter, die über das Geschwader als höherem Entscheidungsträger gesteuert wurden. Bei bestimmten durch die Werft zu erledigenden Arbeiten war es erforderlich, dass Besatzungsmitglieder assistierten. Gleichzeitig mussten die Systeme erprobt werden, nachdem in der Werft alles einmal umgekrempelt, aus- und wieder eingebaut oder erneuert worden war. Auch war die Ausbildung der Soldaten eine Daueraufgabe. Es galt vorgeschriebene Abläufe zu verinnerlichen und zu beschleunigen, wo es ging. Nach etwa einer halben Stunde waren Pilchs Punkte abgehakt und auch Röder hatte keine Fragen mehr.

„Sag' mal Malte, wie hat gestern eigentlich der HSV gespielt?" witzelte Röder, der wusste, dass Pilch ein glühender Anhänger war und sein Verein wieder mal eine 0: 4 – Niederlage einkassiert hatte, während die drei sich auf dem Flur verabschiedeten.

„Bayern-Fan kann ja jeder sein. – So what. Wünsche weiterhin eine frohe Dienstverrichtung."

„Ach, eine Frage noch", meldete sich nun Carstensen. „Was war jetzt eigentlich mit den Arbeiten am Funkmast?"

„Auf nächste Woche verschoben. Die Werft hat vorher keine Kapazitäten dafür."

§

Patrick hatte seine Vespa direkt vor dem Eingang der Halle B auf dem Werftgelände abgestellt. So konnte er sich den Fußweg vom Großparkplatz ersparen. Natürlich war der Roller auch im Unterhalt günstiger als ein Auto, und den Arbeitsweg von knapp acht Kilometern konnte er damit gut fahren. Eigentlich wäre das wohl auch mit dem Fahrrad machbar, aber das war ihm auf Dauer dann doch zu anstrengend, und ein gutes E-Bike ist ja auch nicht ganz günstig zu bekommen.

Er war gespannt, ob er heute schon mehr Verantwortung übertragen bekäme. Eigentlich sollte er jetzt eigenständig Aufträge erledigen können. Kleinere Sachen hat man ihn aber auch schon vorher allein machen lassen, ohne dass immer jemand neben ihm stand. Patrick spürte Zufriedenheit, als er seine Arbeitskleidung anzog. Am Samstag hatte er es mit seinen Leuten zu Hause in der Garage noch krachen lassen. Es war gleichzeitig seine Geburtstagsnachfeier. Julia, Emma und Jacqueline waren auch dabei. Julia hatte die besten Fotos schon bei Instagram gepostet. Henning hat für alle gegrillt, dazu gab's Bier vom Fass.

Nun hatte das Lernen ein Ende, erstmal jedenfalls. Später würde er bestimmt noch mal weitermachen. Er hatte den Job, der ihm Spaß machte, mit Julia lief es gut, und sie planten, auch bald zusammenzuziehen.

Für heute Abend hatte er sich mit Julia zum Shoppen verabredet. Sie wollte im Outlet-Center nach ein paar Herbstsachen gucken.

§

Röder war vom Stabsgebäude direkt zu Fuß zur Kommandantenbesprechung auf U32 gegangen, während Carstensen zum Boot zurückfuhr. Auf der Pier vor der Stelling sah Carstensen aus dem Auto heraus seinen Navigationsmeister, Hauptbootsmann Kohl-mann, im Gespräch mit zwei Mitarbeitern von SKNS, so stand es jedenfalls auf ihren Arbeitsjacken. Nachdem er seinen alten Mazda MX5 geparkt hatte, erkannte er auch den erfahrenen SKNS-Elektroniker Preusse, der während der Werftzeit schon häufiger an Bord war. Dessen jungen Kollegen hatte Carstensen noch nicht gesehen, vielleicht ein Azubi.

Auf dem Boot waren Soldaten in ihren blauen Bordgefechtsanzügen oder in Blaumännern mit verschiedenen Verrichtungen, unter anderem auch kleineren Lackier- und Ausbesserungsarbeiten, die in *Eigenregie* durch die Besatzung durchgeführt werden konnten, beschäftigt.

Carstensen, der heute noch nicht an Bord gewesen ist, nur Röder aufgepickt hatte und dann direkt zum Stab gefahren war, begrüßte die drei. Sie machten ihm den Weg frei, und Carstensen verschwand durch die Türluke auf Höhe des Betriebsgangs, der Vor- und Achterdeck verbindet, im Boot.

In der Zentrale wurden die heute durchzuführenden Systemchecks vorbereitet. Dazu zählte auch die Prozedur für das Alarmtauchen, Punkt 3 auf dem heutigen Arbeitsplan. Nach zweimaliger Wiederholung war der erste Punkt zügig abgehakt. Der zweite Check klappte auf Anhieb noch schneller.

An der Stelling, Preusse war immer noch in die Unterhaltung mit Hauptbootsmann Kohlmann vertieft, wurde der jüngere SKNS-Mitarbeiter von seinem älteren Kollegen an Bord geschickt. „Du weißt ja, was zu tun ist. Wie wir es besprochen haben" rief Preusse ihm hinterher, wie sich später ein Soldat erinnerte.

„Alles klar, kein Problem. Ich weiß Bescheid." Der schlanke SKNS-Mann verschwand im Turm und machte sich im Bereich der Ausfahrgeräte an seine Arbeit.

In der Zentrale war nun die Prozedur für das Alarmtauchen zu simulieren. „Turm frei?" rief der 1WO in Richtung Turm. „Turm frei" kam es von E-Maat Teichmann, der sich an Oberdeck befand und angesprochen fühlte, zurück, nachdem dieser sich streckte und im Turm niemanden erblicken konnte.

Drei Minuten später gab Carstensen die erforderlichen Befehle über die Konsole ein. „Prozedur wird eingeleitet!"

Die Ausfahrgeräte wurden eingefahren.

Sekunden darauf hörte Patricks Herz für immer auf zu schlagen.

§

§ 222 StGB stand auf dem Aktendeckel – fahrlässige Tötung. Diese Fälle waren eigentlich immer sehr tragisch. Meistens handelte es sich um ein Augenblickversagen im Straßenverkehr. Niemand kann von sich behaupten, nicht in eine solche Lage geraten zu können. Fehler machte jeder irgendwann einmal. Oft ging es noch gut aus, manchmal leider aber auch nicht. Wenn Alkohol im Spiel ist oder ein anderes grobes Fehlverhalten war die Sache natürlich noch ganz anders zu bewerten.

Ich musste an eine fahrlässige Tötung denken, die ich erst kürzlich verhandelt habe. Die Sache war mir noch sehr präsent. Der Unfall auf einer Baustelle lag schon unglaubliche fünf Jahre zurück. Zuerst nahmen die Gutachter sich die Zeit, die sie brauchten, und die Verteidigung stellte schon im Ermittlungsverfahren Beweisanträge. Dann machte die Corona-Pandemie das Verhandeln nicht gerade einfacher, und zu guter Letzt gab es unter den Amtsrichtern noch einen Dezernatswechsel.

In einem Rohbau sollten in einem Fahrstuhlschacht sogenannte Rüsthülsen für die Aufnahme von Balkenschuhen für ein Montagegerüst eingebaut werden. Der Angeklagte, ein erfahrener Maurer, kurz vor der Rente, machte den Fehler, die Hülsen an der vorbereiteten Schalung nicht in der richtigen Höhe eingebaut zu haben, so dass die anschließend gegossene Betondecke für die Balkenschuhe nicht genügend Halt gab. Zwei Arbeiter stürzten später aus der dritten Etage zusammen mit dem Gerüst im Schacht zu Boden. Einer von ihnen verstarb noch an der Unfallstelle. Ein Holzsplitter hatte ihn beim Aufkommen durchbohrt. Sein Kollege liegt noch heute im Wachkoma. Auch dessen tapfere Schwester, die als Nebenklägerin auftrat, sichtlich um Fassung ringend, habe ich noch vor Augen. Der Angeklagte sah bei sich keine Verantwortung und zeigte sich von dem Verfahren gänzlich unbeeindruckt. Zum Fortsetzungstermin zehn Tage nach Prozessauftakt kam es nicht mehr. Der Angeklagte verstarb zwischenzeitlich an einem Herzinfarkt. Das Verfahren war im Beschlussweg wegen eines Verfahrenshindernisses einzustellen.

§

Ich schlug nun also die Akte auf. Eine Marinesache, Unfall auf einem U-Boot.

In meiner aktiven Marinezeit hatte ich selbst schlimme Unfälle miterlebt und konnte mir in etwa vorstellen, was so etwas auch mit der Besatzung machte. Ich musste dabei an einen Unfall während der Segelausbildung denken. Ein Holzblock, eine schwere Umlenkrolle für das Tau, brach, während mehrere Kadetten an den Brassen zogen. Der Unglückliche der zuvorderst zog, konnte nicht mehr rechtzeitig reagieren. Er wurde blutüberströmt und ohne Schneidezähne von einem dänischen SAR-Hubschrauber ausgeflogen.

In einem anderen Fall auf einem Lenkwaffenzerstörer war ein Soldat beim Anlegemanöver an Oberdeck mit dem Fuß in eine sogenannte Bucht, eine Schlaufe der an Oberdeck ausliegenden Festmacherleine getreten, obwohl die Besatzung darauf gedrillt wurde, dass genau das nicht passierte. Als sich das Schiff bewegte und die schwere Leine plötzlich unter Spannung geriet, wurde ihm der rechte Unterschenkel abgetrennt.

Wenigstens hatten beide die Sache überlebt.

§

Von dem U-Boot-Unfall hatte ich schon eine kurze Notiz in der Zeitung gelesen. Presseartikel waren jedoch nicht maßgeblich. Zum einen hatte die Marine sich gegenüber der Presse offenbar relativ verschwiegen gezeigt – die internen Ermittlungen liefen schließlich noch – zum anderen nahm es die Presse mit den Fakten gelegentlich nicht so genau. Allein Thomas Adler und Angela Kracht, die häufig für das lokale Nachrichtenblatt über Gerichtsverfahren berichteten, hatten über die Jahre so viel Erfahrungen gesammelt, dass ihre Berichte schlüssig und für juristische Laien verständlich waren. Auch hatten sie kein Interesse, die

Justiz in ein schlechtes Licht zu rücken, im Gegenteil, ihnen war bekannt welches hohe Arbeitspensum Staatsanwaltschaften und Gerichte zu bewältigen hatten und was sie täglich leisteten.

Ich verschaffte mir einen ersten groben Überblick über den Aktenaufbau. Enthalten waren die dienstlichen Anhörungen der irgendwie in den Vorfall verwickelten Soldaten und auch die durch die Kripo durchgeführten Zeugenvernehmungen, nicht aber polizeiliche Vernehmungen der Beschuldigten. Für diese hatten sich die üblichen Anwälte als bevollmächtigt erklärt und beantragten Akteneinsicht, um eine eventuelle Stellungnahme für ihre Mandanten vorbereiten zu können. Der Wehrdisziplinarwalt bittet auch um Übersendung der Akte. Der Havariebericht der Marine – dabei geht es nicht nur um Unfälle *mit* Schiffen, sondern auch um Unfälle *auf* Schiffen – steht auch noch aus.

Ich ließ ein Aktendoppel fertigen und an den Wehrdiziplinaranwalt übersenden. Das Original ging zunächst an einen der Verteidiger.

Nachdem sechs Wochen später alle Stellungnahmen oder die Erklärung, dass eine Stellungnahme vorerst nicht abgegeben werden soll, vorlagen und auch der Havariebericht eingegangen war, wurde mir die Tragik der Ereignisse dieses Tages erst richtig bewusst.

Die Arbeiten am Funkmast, für die die Werft zunächst in der besagten Woche keine Kapazitäten haben wollte, konnten doch noch eingeschoben werden, und zwar gleich am Morgen des Unglückstages. Das Geschwader ist über diese kurzfristige Planänderung am Freitagnachmittag per Mail informiert worden. Die Soldaten des Geschwaderstabes waren bereits im Wochenende. Die Information der Werft wurde erst im Laufe des Montagvormittags intern weitergegeben. Kurzum, am Montagmorgen wusste auf U38 niemand etwas von geplanten Reparaturarbeiten am Funkmast. Demzufolge wurden auch nicht die üblichen Sicherheitsmaßnahmen, Absperrung des Arbeitsbereichs und das Anbringen von Hinweis- und Warnschildern an allen relevanten Arbeitsplätzen, getroffen.

Patrick Selbach, der am Montag lediglich ein Kabel im Funkmast auszutauschen hatte, brachte, der üblichen Vorgehensweise entsprechend, selbst eine Warntafel an seinem Arbeitsbereich an. Da Selbach im Antennengarten bei seiner Arbeit am Boden hockte konnte Obermaat Teichmann ihn nicht sehen als er bestätigte der Turm sei frei. Auch die kleine Warntafel, die Selbach angebracht hatte, konnte er nicht sehen. Selbachs erfahrener Kollege Preusse stand zu dieser Zeit noch zusammen mit Hauptbootsmann Kohlmann auf der Pier. Nachdem Oberleutnant zur See Carstensen die Übungsprozedur einleitete fuhr kurz darauf der Funkmast ein.

Selbach hatte am Boden des Antennengartens keine Chance zu entkommen. Er hatte kaum noch Zeit zu schreien, wurde von dem hervorstehenden Schaltkasten des Mastes erfasst und zu Boden gedrückt. Der Brustkorb wurde regelrecht zerquetscht. Die Rippen brachen, die Brust platzte auf, die Lunge oder das, was davon übrigblieb, fiel in sich zusammen. Selbach erstickte bevor Preusse und Kohlmann über die Stelling zum Turm gerannt waren. Kohlmann rief vergebens „Mast hochfahren, sofort!", während Preusse sich erbrach.

Ich sah bei Oberleutnant zur See Carstensen und Obermaat Teichmann einen hinreichenden Tatverdacht als gegeben. Carstensen hätte die Prozedur in dem Wissen, dass sich in der Werft auch besatzungsfremde Personen auf dem Boot bewegen könnten, nicht durchführen dürfen, jedenfalls nicht, ohne für ausreichende Sicherheitsmaßnahmen durch Beschilderung und Posten zu sorgen. Auch gab es eine Sicherheitslücke in den drei Minuten zwischen der Turm-frei-Meldung und dem Einfahren des Mastes, die in diesem Fall allerdings nicht ursächlich war.

Teichmann hätte die Meldung, der Turm sei frei, nicht leichtfertig abgeben dürfen, ohne sich mit der erforderlichen Sicherheit davon überzeugt zu haben. Die Versäumnisse im Geschwaderstab waren durchaus bedenklich, aber noch nicht strafrechtlich relevant. Der

Umstand, dass Preusse die Arbeit durch Patrick Selbach allein ausführen ließ, stellt keinen Verstoß gegen Sicherheitsvorschriften dar. Selbach musste auch nicht mehr beaufsichtigt werden, so dass ich das Verfahren gegen Preusse ebenfalls einstellte. Die Anklage gegen Carstensen und Teichmann wurde zugelassen und das Hauptverfahren eröffnet.

Für den Tatbestand der fahrlässigen Tötung sieht das Gesetz eine Geldstrafe oder eine Freiheitsstrafe bis zu fünf Jahren vor. Damit stellt der Gesetzgeber die fahrlässige Tötung einem Ladendiebstahl gleich. Kaum irgendwo anders wird so deutlich, dass das Strafrecht nicht immer eine befriedigende Antwort geben kann. Das stellte ich in solchen Fällen oft meinem Plädoyer voran, und wandte mich damit an die Angehörigen. Eine Strafe bleibt sehr oft deutlich hinter den Erwartungen der Hinterbliebenen zurück. So würde es auch hier sein, dachte ich als ich in die verheulten Gesichter der jungen Frauen, vermutlich Freundin und Schwester des Verstorbenen, und in die ausdrucklosen Augen des Vaters blickte. Die Mutter, so hatte ich zufällig auf dem Gerichtsflur gehört, hatte nicht die Kraft, die Verhandlung zu verfolgen.

Anders als in dem auch sehr tragischen Baustellenfall, waren die beiden uniformierten Angeklagten heute sehr bewegt. Nach Abschluss der Beweisaufnahme konnten sie die Tränen bei ihren an die Hinterbliebenen gerichteten Worten der Entschuldigung nicht zurückhalten.

Ich beantragte für die strafrechtlich bislang unauffälligen Angeklagten, die durch das Verfahren sichtlich beeindruckt waren - die Emotionalität war auch nicht gespielt, dafür hatte man mit den Jahren ein gutes Gespür - jeweils eine Geldstrafe von neunzig Tagessätzen. Die Verteidigung verlangte Freisprüche. Das Urteil erging entsprechend meines Antrags. Im Disziplinarverfahren, das bis zum Urteil ruhte, würden die Soldaten mit einer Geldbuße und vielleicht einer befristeten Beförderungssperre zu rechnen haben.

§

Die Marine überarbeitete ihre Vorschriften für die Arbeiten an Bord bei Anwesenheit externen Personals.

HATICE

Die heiße Dusche hatte gut getan nach der großen Wilma-Runde an diesem für die Jahreszeit ungewöhnlich frischen Morgen. Ich nahm im Stehen noch einen Schluck von meinem Cappuccino aus der erst vor kurzem angeschafften Siebträgermaschine. Inzwischen hatte ich die richtige Bohne gefunden, auch den richtigen Mahlgrad, und auch der Milchschaum war fast perfekt. Besser ging es natürlich immer, aber irgendwie fand ich es dann doch unangemessen, den Preis eines Mittelklassewagens in eine Kaffeemaschine zu investieren.

Ich band vor dem Spiegel noch schnell einen Windsor-Knoten, rückte Hemdkragen und die weiße Krawatte zurecht, streifte mein Sakko über und legte mir die Robe über den Arm.

§

Es waren nur noch ein paar Straßenecken bis zum Gericht, als ich voraus eine Straßenblockade ausmachte. Erst hielten mich auf der Landstraße die Trecker auf, die ihre Ernte vom Feld holten, und jetzt auch noch

Klimakleber. Ich dachte eigentlich, die hatten ihre Blockadeaktionen wegen Wirkungslosigkeit inzwischen aufgegeben.

Die Aktivisten würden sich bestimmt nicht dafür interessieren, dass mein Diesel bei entsprechender Fahrweise nur fünf Liter und manchmal auch weniger auf einhundert Kilometer verbrauchte, und mich deswegen passieren lassen.

Zwei Männer, von denen einer an die Wehrdienstverweigerer früherer Jahre erinnerte, der andere aber auch als Bankkaufmann durchgegangen wäre, und drei Frauen, zwei kurzhaarige und eine ziemlich robuste mit mittellangen roten Haaren, waren heute offensichtlich für die Blockade zuständig. Ich bedauerte die Polizeibeamten wegen ihrer Aufgabe, die Klimakleber geduldig und behutsam ablösen und von der Fahrbahn entfernen zu müssen. Insbesondere bei der Rothaarigen würde es schon ein paar Kollegen brauchen.

Zum Termin würde ich es nicht mehr rechtzeitig schaffen. *Anrufen bei – Amtsgericht – Strafabteilung* befahl ich meiner Freisprecheinrichtung und informierte über meine Verspätung, nachdem sich die Service-Mitarbeiterin gemeldet hatte. Richter Vosgerau würde sich noch etwas gedulden müssen. Jedenfalls konnte er die Zeit in seinem Büro für andere Arbeiten nutzen. Die anderen Verfahrensbeteiligten würden eine Weile Däumchen drehen.

Dass die Blockierer sich wegen Nötigung strafbar machten, war ihnen offensichtlich egal. Nach dem bereits Jahrzehnte alten Sitzblockadeurteil des Bundesgerichtshofs benutzt der Blockierer den ersten aufgrund psychischen Zwangs haltenden Autofahrer und sein Fahrzeug bewusst als Werkzeug, um ein physisches Hindernis für die nachfolgenden Autofahrer zu errichten. Die strafrechtliche Seite war das Eine, das Andere war die Tatsache, dass sie der Klimabewegung mit solchen Aktionen einen Bärendienst erwiesen. Ich kannte kaum noch jemanden, der dafür Verständnis hatte. Für das Klima taten solche Aktionen jedenfalls nichts.

Die beiden kurzhaarigen Frauen waren inzwischen weggetragen und in den Einsatzwagen zur Aufnahme der Personendaten gebracht worden. Sie leisteten dabei keinen Widerstand. Die Polizei bildete eine abgesicherte Gasse. Es ging endlich weiter.

§

„Du bist spät dran, Digga" begrüßte Mehmet Kurtoglu einen seiner Stammkunden.

„Geschäfte. Was geht, alles gut bei Dir?"

„Läuft, setzt Dich gleich vorne hin. Wie immer?" Mehmet steckte dabei schon den Dreimillimeter-Aufsatz auf die Haarschneidemaschine und machte sich an die Arbeit. Außer ihm und seinem verschwitzten Kunden war an diesem Morgen noch niemand in seinem Barbershop. Hatices Schicht begann heute etwas später. Nachdem Mehmet fertig war, hatte sein Kunde etwa die gleiche Frisur wie Mehmet selbst. Die Seiten und der Hinterkopf sehr kurz, die schwarzen Haare auf dem Oberkopf hochgestylt. Abschließend rasierte Mehmet ihm noch die Konturen des Haaransatzes und flammte die Ohrhaare mit einem Streichholz ab.

Nachdem der frisch Frisierte ihm im Gehen einen Zwanzigeuroschein auf den Tresen gelegt und gesagt hatte „stimmt so", montierte Mehmet die WLan-Kamera, die er im Internet bestellt hatte und heute geliefert bekam, an die Decke. Anschließend wählte er unter seinen Handy-Kontakten Hamza aus, schickte ihm den Link der Kamera-App und das von ihm vergebene Passwort.

§

Endlich im Gericht angekommen erkannte ich schon von Weitem Rechtsanwalt Wommelsdorf mit Vollbart und Brille. Er wartete zusammen mit dem Angeklagten neben der Tür zu Saal B darauf, dass es losging. Sie schienen sich noch zu beraten. Vielleicht unterhielten Sie sich auch nur über Fußball oder das Wetter, das konnte und sollte ich nicht hören. Was Verteidiger und Mandant außerhalb der Hauptverhandlung zu besprechen hatten, ging mich nichts an. Wommelsdorf hatte bereits seine Robe übergezogen. Der Angeklagte in einem viel zu weiten grünen Pullover, Jeans und ausgetretenen Sportschuhen, die vor langer Zeit wohl einmal weiß gewesen sind, wollte sich gerade eine Zigarette anzünden als er von Wommelsdorf mit einer abwinkenden Handbewegung und einem angedeuteten Kopfschütteln darauf hingewiesen wurde, dass das keine gute Idee war. Das Rauchen war im Gerichtsgebäude natürlich verboten.

„Hallo Herr Meder" begrüßte Wommelsdorf mich etwas überschwänglich freundlich. „Vielleicht können wir uns vorher nochmal kurz unterhalten?"
„Moin, Herr Wommelsdorf. Sie wissen doch, ich unterhalte mich immer gerne mit Ihnen. Aber wenn es wieder das ist, was ich denke, dann glaube ich, kann ich Ihnen keine großen Hoffnungen machen."

Richter Vosgerau kam zusammen mit der Protokollführerin, Frau Falkenhorst-Stalder, die Treppe herunter. „Guten Morgen zusammen. Sie haben noch Gesprächsbedarf?"

„Guten Morgen, nur ganz kurz" gab ich zurück, während Wommelsdorf zur Bestätigung freundlich nickte.

„Also?" fragte ich in Richtung des Verteidigers.

„Es ist ja so…", leitete Wommelsdorf ein, „Scheel ist doch erst im März zu einer Freiheitsstrafe von sechs Monaten verurteilt worden …"

Natürlich. Es geht wieder um hundertvierundfünfzig. § 154 der Strafprozessordnung war Wommelsdorfs Lieblingsvorschrift. Er beabsichtigte die Verfahrenseinstellung, da nach seiner Bewertung eine Strafe, die sein Mandant in diesem Verfahren zu erwarten hätte, neben dem Urteil aus dem März *nicht beträchtlich ins Gewicht fällt*, wie es das Gesetz ausdrückt. Oder anders gesagt, es kommt nicht darauf an.

„Hier ist es aber nun so, dass der Angeklagte die ihm vorgeworfene Tat *nach* der letzten Verurteilung und während der laufenden Bewährung begangen hat. Das wirkt doch eher strafschärfend, meinen Sie nicht, Herr Verteidiger?"

„Dann müssen wir das verhandeln", stellte Wommelsdorf richtig fest, und wir begaben uns in den Saal.

„So, Herr Scheel, Sie kennen das ja bereits. Mein Name ist Vosgerau, ich bin der zuständige Richter, hier rechts neben mir sitzt Frau Falkenstein-Stalder. Die führt das Protokoll, und auf Ihrer rechten Seite sitzt Herr

Meder von der Staatsanwaltschaft. Ihren Verteidiger kennen Sie ja bereits.

Ihr vollständiger Name ist Vitali Scheel, geboren am 14.04.1986 in Schodsina, Belarus!?"

Nachdem die Formalitäten erledigt waren verlas ich gemäß Strafprozessordnung die Anklage, die Scheel vorwarf, seine Lebensgefährtin, Simone Kaltenbach, in deren Wohnung in einem Streit bis zu einer kurzzeitigen Bewusstlosigkeit gewürgt und ihr sodann einen Keramikaschenbecher auf den Kopf geschlagen zu haben, so dass diese Atemnot, Würgemale, eine Platzwunde auf dem Kopf und ein Schädel-Hirn-Trauma ersten Grades erlitt.

"Herr Scheel, Sie haben nun gehört, was Ihnen vorgeworfen wird. Sie haben das Recht, sich zur Sache zu äußern oder keine Angaben zu machen, ohne dass das zu Ihrem Nachteil ausgelegt werden darf. Sie haben im Übrigen das Recht, Beweisanträge zu stellen. Haben Sie das verstanden?"

"Mein Mandant hat verstanden und möchte vorerst keine Angaben machen."

"Gut. – Die Zeugin Kaltenbach bitte in Saal B eintreten." Nichts tat sich. Die Geschädigte war der Ladung offensichtlich nicht gefolgt.

Möglicherweise hatte sie die Ladung nicht erhalten oder sie war verhindert, ohne das mitzuteilen. Vielleicht wollte sie auch nicht mehr aussagen, aber das lag nicht in ihrem Ermessen.

„Tja, wenn das so ist, können wir das Verfahren vielleicht auch irgendwie anders …" versuchte Vosgerau die Sache vom Tisch zu bekommen. Er stand, wie auch alle anderen, unter einem erheblichen Aktendruck.

„Ja…" witterte Wommelsdorf seine Chance, „die Zeugin hat offenbar kein Interesse an dem Verfahren. Ich habe vorhin auch schon mit dem Staatsanwalt …"

„Nein, das kommt für die Staatsanwaltschaft überhaupt nicht in Frage" beendete ich die Diskussion. „Die Tat wurde während laufender Bewährung begangen, …"

„Soll begangen worden sein" korrigierte die Verteidigung.

„… und es geht hier immerhin um den Vorwurf der gefährlichen Körperverletzung", brachte ich meinen Satz zuende.

„Gut", verkündete Vosgerau, „die Hauptverhandlung wird ausgesetzt. Neuer Termin von Amts wegen. Die Zeugin wird dann mit förmlicher Zustellungsurkunde geladen."

Sollte die Zeugin dann wieder nicht erscheinen, hätte das Gericht die Möglichkeit, deren Erscheinen durch gesetzliche Zwangsmaßnahmen sicherzustellen.

§

Hamza Yigit lag in seiner grauen Workout-Hose mit silbernen Streifen an den Seiten und einem dazu passenden Oversized-Sweatshirt auf dem Sofa und betrachtete auf seinem Handy das verwackelte Live-Video. Ihr Gesicht sah er nur ganz kurz, dann nur die Stirn und die markanten Augenbrauenstriche und die dunklen Haare. Im Hintergrund erkannte er das sich schon leicht verfärbende Laub, dann ein paar vorbeiziehende Häuser. Dann auf einmal nur noch Himmel, und jetzt wieder ihr Gesicht. Im Hintergrund Verkehrslärm und eine Autohupe.

Hatice fuhr einhändig auf ihrem Fahrrad mit dem leichten beigefarbenen Mantel zur Arbeit. In der anderen Hand hielt sie das Handy und filmte sich dabei. Genau genommen war es ein Videoanruf. Hamza wollte das so. Sie hatte ihm schon mehrfach erklärt, dass sie ihn liebe und er ihr vertrauen könne, aber Hamza bestand darauf. Hatice hasste es, aber was sollte sie machen?

Gleich wäre sie bei der Arbeit, im Friseursalon ihres Bruders. Jedenfalls da könnte sie das Handy weglegen. Hamza hatte ihr erlaubt, dort zu arbeiten. Er hatte Vertrauen zu Hatices Bruder. In dem anderen Salon, da wo sie vorher gearbeitet hatte, gefiel es ihr besser, Bruder hin oder her, aber sie hatte dort nette Kolleginnen und es war dort mehr los. Natürlich verdiente sie auch besser. Jetzt arbeitete sie nur noch den halben Tag. Das war für Hamza in Ordnung, aber nachmittags sollte sie zu Hause sein.

Über die von seinem Cousin Mehmet montierte Kamera hatte Hamza sie jederzeit im Blick. Es gefiel ihm nicht, dass Hatice auch Männer frisierte. Er musste mit Mehmet noch einmal ein ernstes Wort reden. Er dachte, Mehmet sei ein Ehrenmann, auch wenn er die Kamera zuerst nicht anbringen wollte. Jedenfalls hatte Mehmet ihm versprochen, dass Hatice nur Frauen bedient. Deswegen durfte sie schließlich bei ihm arbeiten.

Mehmets Handy vibrierte in der Hosentasche, als er gerade noch einmal durchfegte.

„Hamza, was ist?"

„Hatice soll raus!"

„Wie raus?"

„Da ist gerade ein junger Typ bei Dir in den Laden gekommen. Hatice soll raus!"

„Den bediene ich" sagte Mehmet. „Hatice macht nur Frauen, wie abgemacht."

„Jetzt soll sie aber nach hinten. Ich will nicht mehr, dass sie im Laden ist, wenn da Typen sind."

Von nun an, erklärte Mehmet seiner Schwester, müsse sie nach hinten in den Aufenthaltsraum, wenn ein junger Mann den Salon betrat. Er musste ihr nun auch die Sache mit der Kamera erklären. Ausnahmen machte Hamza nur bei den Alten. Die durfte sie zwar auch nicht bedienen, aber sie konnte im Salon bleiben. Jetzt wurde sie also auch noch bei der Arbeit überwacht.

§

In der Sache Scheel war Simone Kaltenbach zum neuen Termin erschienen. Obwohl Gericht, Staatsanwaltschaft und Verteidigung sowie natürlich auch der Angeklagte noch wussten, worum es ging, verlangte die Strafprozessordnung, dass ich die Anklage noch einmal verlas. Simone Kaltenbach war bis zu ihrer Vernehmung noch von der Verhandlung ausgeschlossen.

Nachdem ich mit der Aufzählung der anzuwendenden Vorschriften schloss und hinter meinem Tisch auf der Fensterseite wieder Platz nahm, versuchte es Wommelsdorf erneut. „Vielleicht können wir noch einmal, bevor wir in die Beweisaufnahme eintreten, miteinander …, also ich denke, eine Einstellung nach 153a würden wir mitmachen. Das würde auch der Zeugin eine Aussage ersparen."

Nun wollte er also auf eine Verfahrenseinstellung gegen Zahlung einer Geldauflage hinaus.

Richter Vosgerau blickte auffordernd in meine Richtung.

„Ich sehe gerade überhaupt keinen Grund für eine Verfahrenseinstellung, auch nicht nach § 153a StPO. Ich schlage vor, wir beginnen jetzt einfach und hören dann die Zeugin, die heute ja erschienen ist", erklärte ich.

Wommelsdorf führte für seinen Mandanten aus, dass die Tatvorwürfe insgesamt bestritten werden und weitere Angaben nicht gemacht würden.

„Die Zeugin Kaltenbach bitte eintreten in Saal B", sprach Vosgerau, nun fast mit der Nase auf dem Tisch und etwas deutlicher, ein zweites Mal in sein Tischmikrophon, nachdem sich beim ersten Aufruf nichts tat.
Es gab kaum ein Gericht, bei dem die Lautsprechanlage wirklich funktionierte. Wie sollte es dann mit dem elektronischen Gerichtssaal werden, wenn man nicht einmal das im Griff hatte.

Simone Rebecca Kaltenbach gab für das Protokoll ihren vollständigen Namen, das Alter – üblicherweise mussten Zeugen dabei überlegen oder erst einmal nachrechnen - ihren Wohnort und ihre Beziehung zu dem Angeklagten, *nicht verwandt und nicht verschwägert* an, bevor sie über ihre Wahrheitspflicht belehrt wurde. Von dem ersten Termin habe sie nichts gewusst, erklärte sie auf Nachfrage des Gerichts.
Die Vorwürfe aus der Anklageschrift bestätigte sie in allen Einzelheiten.

„Und dann war da noch was." Kaltenbach nahm die Brille und das bis über die Stirn gebundene Kopftuch ab. Zum Vorschein kam ein mittelmäßig übergeschminktes Hämatom um das linke Auge und knapp unter dem Haaransatz ein quer über die Stirn reichendes Pflaster.

„Ich kann das auch gerne mal zeigen" sagte sie etwas unsicher und zog das Pflaster vorsichtig ab. Zum Vorschein kam eine etwa sechs Zentimeter breite, leicht geschwollene und noch blutverkrustete Verletzung.

Vitali Scheel hätte ihr vorgestern Abend zu Hause vorgeworfen, sie würde angeblich im Haus *herumhuren*, was natürlich nicht stimmte. Sie hätten sich gegenseitig angeschrien bis er ihr mit der Faust auf das Auge geschlagen habe. Nachdem er sie mit beiden Armen an den Oberarmen ergriffen habe, sei es ihr gelungen, sich durch einen Tritt in Vitalis Weichteile zu befreien und ins Treppenhaus zu flüchten. Bevor sie die Wohnungstür ihrer Nachbarin Birgit erreichte, habe Vitali sie eingeholt, ihr die Arme auf den Rücken gedreht und sie die Treppe hinuntergestoßen. Dabei habe sie sich die linke Schulter geprellt und sei unten mit dem Kopf auf eine Treppenstufe aufgeschlagen.

Ich hörte genau zu und beobachtete dabei den Angeklagten, der seinen Blick nach links unten, weg von der Zeugin, richtete.

„Dann hat er mir noch gedroht, wenn ich zur Polizei gehe, schlitzt er mich auf. Das hat Birgit auch mitbekommen."

Richter Vosgerau hatte noch ein paar Nachfragen und wandte sich dann in meine Richtung. „Die Staatsanwaltschaft?"

„Keine Fragen. Aber ich beantrage den Erlass eines Haftbefehls nach §112 StPO wegen Verdunklungsgefahr und nach §112a StPO wegen Wiederholungsgefahr."

Meinen Antrag begründete ich unter anderem damit, dass Scheel bereits auf die Zeugin Kaltenbach eingewirkt hat, damit sie nicht gegen ihn aussagen würde, und nun die Gefahr bestand, dass er in entsprechender Weise auf die Zeugin Birgit Schmidt einwirkte.

Ein leichtes Kopfschütteln beim Verteidiger, der seinen Mandanten offenbar auf eine Verfahrenseinstellung vorbereitet hatte.

„Die Sitzung wird für fünfzehn Minuten unterbrochen, das Gericht zieht sich zur Beratung zurück."

Ich ging noch auf dem Gerichtsflur auf und ab, da kam auch schon Richter Vosgerau die Treppe herunter, in seiner Begleitung zwei Justizwachtmeister, die sich nach Betreten des Saals links und rechts neben der Eingangstür postierten.

„Wiederaufruf in der Sache Scheel" sprach Richter Vosgerau ins Mikro, und richtete sich wieder auf. „Die Hauptverhandlung wird fortgesetzt. Es ergeht folgender Haftbefehl …"

Vitali Scheel wurde abgeführt und nur ein Haus weiter in die Justizvollzugsanstalt verbracht. Im Fortsetzungstermin wurde er wegen gefährlicher Körperverletzung in zwei Fällen und wegen versuchter

Nötigung zu einer Gesamtfreiheitstrafe von einem Jahr und zehn Monaten verurteilt. Die Bewährung aus dem März-Urteil wurde widerrufen.

§

Hatice hatte kaum noch Momente für sich, Zeiten, in denen Hamza nicht wusste, was sie tat. Sie wollte ihn doch gar nicht betrügen, aber diese ständige Überwachung…. Nur selten einmal, wenn Hamza irgendwelche Geschäfte machte, wie er sagte, oder mit seinen Leuten in der Shisha-Bar chillte, traf sie sich mit ihrer Freundin Zilan, meistens im Café um die Ecke. Dann hatte sie einen kurzen Weg und so mehr Zeit mit ihr. „Der Typ ist gestört" hatte Zilan ihr nicht erst einmal gesagt. „Mach' Schluss mit dem." Aber das war gar nicht so einfach, selbst wenn sie wollte. Wenn sie zum Einkaufen ging, brauchte sie sich nicht mehr zu filmen. Das hatte sie durchgesetzt. Aber sie sollte ihm hinterher jedes Mal genau erzählen, ob sie jemanden getroffen und mit wem sie gesprochen hat. „Mit dem Brotverkäufer, mit der Kassiererin …", sagte sie dann meistens und hob dabei die Arme als entschuldigende Geste. So konnte es wirklich nicht weitergehen. Sie konnte auch schon nicht mehr richtig schlafen.

Als er anfing, ihr vorzuschreiben, welche Kleidung sie außerhalb der Wohnung noch tragen durfte und welche nicht, fasste sie einen Entschluss.

Am Morgen, auf dem Weg zur Arbeit und zurück, war alles normal. Bei Mehmet im Salon lief auch noch die Kamera. Hatice ging jedes Mal in den Aufenthaltsraum, wenn ein junger Mann den kleinen Salon betrat. Im Zweifel verdeutlichte Mehmet ihr durch ein leichtes Kopfnicken, dass es soweit war. Hamza hatte keinen Grund, Verdacht zu schöpfen. Am Nachmittag war Hamza mit ihren älteren Brüdern Murat und Metin verabredet. Das hatte sie mitbekommen als Hamza mit Murat telefonierte. Sie packte, als er aus der Wohnung war, so viel Sachen, wie sie in zwei Reisetaschen unterbringen konnte und ging zum Café. Dort traf sie sich, wie verabredet, mit Zilan, die sie mit zu sich nach Hause nahm.

§

Hamza brauchte zwei Tage um herauszufinden wo sie war. Am Abend gegen 22:00 Uhr hämmerte er mit der Faust gegen Zilan Akbuluts Wohnungstür. „Mach' auf, du Fotze, ich weiß, dass ihr da seid!" Hatice erkannte ihn durch den Türspion. Die verängstigten Frauen verhielten sich leise. Vielleicht würde er dann wieder gehen. Stattdessen trat er mit einem lauten Krachen die Wohnungstür ein, verfolgte die kreischenden Freundinnen ins Schlafzimmer, stieß Zilan zu Boden und ergriff Hamza an ihren glatten, zum Pferdeschwanz gebundenen Haaren. In diesem Griff zerrte er sie in gebeugter Haltung aus der Wohnung und verfrachtete sie in seinen 3er-BMW.

In den folgenden Tagen schloss er die Wohnungstür ab, wenn er aus dem Haus ging. Hatice durfte nur noch zum Einkaufen raus. Wenn sie wieder abhauen würde, würde er ihr Säure ins Gesicht schütten.

Hamza erzählte Murat, dass alles wieder in Ordnung sei. Er habe Hatice zur Vernunft gebracht. Sie würde nicht wieder abhauen.

„Das ist gut Bruder, das war gegen die Familienehre" bestätigte Murat.

Außer ihm wussten natürlich ihre anderen beiden Brüder Metin und Mehmet von ihrem Fluchtversuch. Der Vater brauchte nichts davon zu wissen. Es war ja noch einmal gutgegangen.

Hatice hielt es noch zwei Monate aus. Die Situation hatte ihr sehr zugesetzt. Hamza hatte sie auch schon mit einer Pistole bedroht und kontrollierte jetzt auch ihr

Handy. Sie schlief nun kaum noch, war blass geworden und hatte, obwohl sie sowieso schon ziemlich schlank war, noch einige Kilo abgenommen.

Mit Mehmet hatte sie besprochen, dass sie Hamza nun endgültig verlassen werde. Natürlich könne sie dann auch nicht mehr bei Mehmet arbeiten, aber die meiste Zeit saß sie ja sowieso nur im Aufenthaltsraum herum. Zu ihrem jüngsten Bruder hatte sie noch am meisten Vertrauen. Die Sache mit der Kamera hatte er eigentlich auch nicht gewollt. Wo sie hingehen würde erzählte sie ihm lieber nicht.

Hatice kam in einem Frauenhaus unter. Dort hatte man eigentlich keine freien Zimmer mehr, fand dann aber doch noch eine Möglichkeit, sie unterzubringen. Hatice hatte es gut dort. Hier fasste sie auch den Mut, Hamza anzuzeigen.

§

Ich erwirkte Durchsuchungsbeschlüsse für Hamza Yigits Wohnung und Mehmet Kurtoglus Barbershop. Zu Beweissicherungszwecken ließ ich Hatice Kurtoglu richterlich vernehmen. Zilan Akbulut wurde von der Polizei als Zeugin vorgeladen. Bei den Durchsuchungen wurde eine WLan-Kamera mit Speicherkarte und bei

Hamza Yigit eine Beretta M9 sichergestellt. Hamza Yigit hatte keinen Waffenschein.

§

Nach vier Monaten fand Hatice in der Nähe eine kleine Zweizimmerwohnung und einen Job als Servicekraft. Vielleicht würde sie später auch wieder in einem Frisörsalon arbeiten.
Michael hatte sie im Restaurant kennengelernt. Sie war ihm wohl gleich aufgefallen. Er war sehr zuvorkommend und auch lustig, vermutlich etwas jünger als sie. Vielleicht wirkte er aber auch nur so mit seinen blondgelockten nackenlangen Haaren und seinem sportlichen Erscheinungsbild. Beim dritten Besuch hatte er sie gefragt, ob sie sich mal woanders treffen wollten. Sie gingen dann im „After Dark" Cocktails trinken. Michael kannte den Barkeeper. Seitdem waren sie zusammen.

§

„Mit einem Deutschen?" fragte Mohamad, den dessen Söhne aufgesucht hatten, um die Sache zu besprechen, seinen ältesten Sohn Murat. Was sollten die Yigits von ihnen denken.

Murat befahl dem Jüngsten, Mehmet, sich darum zu kümmern.

Mehmet konnte das nicht. Er liebte seine Schwester doch. Er konnte ihr nichts antun. Aber was würde dann die Familie von ihm denken? Murat und Metin erklärte er später, dass Hatice offensichtlich untergetaucht war.

Einen Monat später, Michael war gerade auf seinem Fahrrad unterwegs zur Spätschicht im Krankenhaus, fuhr ein dunkler BMW vor ihm auf den Fahrradstreifen und bremste geräuschvoll. Drei Männer sprangen heraus. Zwei von ihnen hatten Baseballschläger in der Hand. An mehr konnte Michael sich nicht erinnern als er drei Tage später im Krankenhaus wieder aufwachte.

§

Hamza Kurtoglu wurde wegen Nachstellung, vorsätzlicher Körperverletzung, Freiheitsberaubung, Nötigung, Bedrohung, Beleidigung, Sachbeschädigung und illegalen Waffenbesitzes zu einer Gesamtfreiheitsstrafe von einem Jahr und sechs Monaten verurteilt.

Die Täter, die Michael die Beine brachen, konnten nicht ermittelt werden.

DJAWED UND SHAFIQ

„Hallo Wilma, meine Hübsche, moin Carl, was ist denn mit Dir passiert", wurde ich von Nicole auf dem langen Flur unseres Dienstgebäudes begrüßt. "Kleine Schlägerei in der Endstation?", fragte sie scherzhaft. Die Abschürfungen auf der Nase und der rechten Wange waren einfach nicht zu übersehen. „Gestern Abend downhill", sollte als Antwort reichen.

§

Es schien mal wieder ein Betrugstag zu werden. Auch Ilka Kroschke war wieder aktiv. Im letzten Jahr hatte ich sie angeklagt wegen gewerbsmäßigen Betruges in einundzwanzig Fällen. Die bis dahin strafrechtlich unauffällige Dreiundzwanzigjährige ist antragsgemäß zu einer Freiheitsstrafe von einem Jahr und elf Monaten verurteilt worden, so dass eine Strafaussetzung mit besonderer Begründung für sie als Ersttäterin gerade noch möglich war. Die Bewährungszeit wurde auf drei Jahre festgesetzt. Selbstverständlich hatte sie auch den angerichteten Schaden wiedergutzumachen. Straftaten sollten sich nicht lohnen. Danach war ein paar Monate Ruhe. Jetzt verkauft sie wieder Spielkonsolen über Kleinanzeigen. Ich fragte mich, was in einem Menschen vorgehen mochte, wenn er für hundertachtzig Euro zwei Jahre Haft riskierte, ja, nicht nur riskierte, sondern relativ sicher damit zu rechnen hatte. In diesem Fall würde es Ilka Kroschke, die von Bürgergeld lebte, auch nicht helfen, dass sie alleinerziehende Mutter einer inzwischen dreijährigen Tochter war. Die Sozialverbände würden sicherlich argumentieren, wenn jemand sich trotz des Damoklesschwertes der offenen Bewährung zu einer weiteren Tat hinreißen ließe dann beweise das, dass die Not zu groß und die staatlichen Leistungen viel zu niedrig seien. Ich bin hingegen der festen Überzeugung, dass derjenige, der jeden Tag zur Arbeit geht, am Ende des Monats spürbar mehr in der Tasche haben muss, als der, der nicht arbeitet, auch wenn es für manche sicherlich nicht einfach ist.

§

Vanessa konnte nicht einmal um Hilfe rufen, so überrascht war sie. Nie hätte sie damit gerechnet, dass ausgerechnet ihr so etwas passieren würde. Mitten am Tag, unter so vielen Leuten.

Gestern hatte sie Geburtstag, war siebzehn geworden. Noch ein Jahr, dann könnte sie endlich machen, was sie wollte hatte sie gedacht als Mutter ihr am Morgen, wie eh und je, mit einer Kerze in der Hand zum Geburtstag gratulierte. Nur ein Geburtstagslied sang sie inzwischen nicht mehr. Vanessas Bruder Morten wohnte nicht mehr zu Hause, und ihr Vater war bereits los zur Arbeit. Da wäre das Singen ihrer Mutter doch auch irgendwie peinlich, dachte Vanessa. Eine große Feier hatte sie nicht geplant, dafür würde es im nächsten Jahr eine ordentliche Party geben. Zum Geburtstag hatte sie sich nur Geld für Neuseeland im nächsten Jahr und ein neues Glätteisen gewünscht. Von Oma und Opa bekam sie einen großzügigen Gutschein für das Shopping-Center.

Ihre beste Freundin Alice hat einen Arzttermin, deshalb ging sie nach der Schule allein los, schon mal ein bisschen rumgucken. Sie musste ja noch nicht alles ausgeben. Das Shopping-Center war gut besucht, lag vielleicht auch am Wetter. Überhaupt kamen immer mehr Menschen hierher. Die Innenstadt war schon fast eine Geisterstadt, auch wenn vieles unternommen wurde, um die Attraktivität zu erhalten. Ein Wasserlauf hier, ein paar Bänke und Grüninseln dort, aber am Ende waren wohl doch die außerhalb der Innenstadt in ausreichender Anzahl vorhandenen kostenlosen Parkplätze und die vielen Geschäfte unter einem Dach überzeugender. Für Vanessa war eher wichtig, dass sie hier ihre Lieblingsmarken fand.

Die Südländer, wie sie bei der Polizei später angab, kamen irgendwie aus dem Nichts. Einer drängte sie in den Gang zu den Toiletten. Dann war auch der Zweite da. Sie wollte wieder zurück, dahin, wo die Menschen durch die Mall spazierten und sie weglaufen könnte. Doch bestimmt vier oder fünf andere, die offensichtlich alle zusammengehörten, versperrten ihr den Weg. Sie stand nun mit dem Rücken an der kalten, harten Wand und spürte nur noch Hände. Hände überall, auf ihren Brüsten, am Po, zwischen den Beinen. Einer versuchte sogar, seine Hand in ihre enganliegende Jeans zu stecken. Sie beugte sich vor, soweit es ging, und konnte so jedenfalls das verhindern. Es war widerlich. Schweißgeruch stieg ihr in die Nase. Ihr Hals war wie zugeschnürt. Warum tat niemand etwas? Wo waren all die Menschen? Sie versuchte, um sich zu schlagen, aber es waren einfach zu viele Hände, die sie begrapschten. Wechselnde Gesichter tauchten für kurze Augenblicke vor ihr auf. Ihre Handgelenke wurden festgehalten. Es tat ihr weh. Sie kniff die Augen zusammen, öffnete sie dann wieder. Immer noch diese Gesichter. Einer versuchte sogar, sie auf den Mund zu küssen. Sie drehte den Kopf ruckartig zur Seite. Dann endlich hörte sie eine ältere kratzige Männerstimme „Hey, was soll das? Lasst sofort die Frau los!" Dann eine laute Frauenstimme „Hilfe, Polizei!" Die Erlösung?

Es kam Vanessa wie eine Ewigkeit vor, bis die Hände sich nach und nach von ihr lösten. Vermutlich waren es nur ein paar Sekunden. Dann sackte sie heulend und zitternd in sich zusammen.

Drei Streifenwagen trafen schnell beim Shopping-Center ein. Die Polizeibeamten führten mehrere Personenkontrollen durch, konnten aber keine Tatverdächtigen festnehmen.

§

„Guck' Dir die Bilder gleich in aller Ruhe an", sagte Kriminalkommissarin Stefanie Reimann später, nachdem sie Vanessas Aussage im Beisein ihrer Eltern aufgenommen hatte. Mit ihrem Einverständnis war eine Videovernehmung durchgeführt worden.

„Ich lege dir nun nacheinander acht Bilder von Personen vor, auf die Deine Beschreibung zutrifft. Es kann sein, dass die Täter oder einer von Ihnen dabei ist. Es kann aber auch sein, dass sich unter den abgebildeten Personen kein Täter befindet. Wenn du einen der Täter erkannt hast, dann sag' das bitte. Wenn du Dir nicht ganz sicher bist, dann sag' bitte auch das. Dabei kannst du gerne Prozentangaben verwenden. In jedem Fall lege ich Dir alle acht Bilder vor. Hast du das verstanden?"

Vanessa nickte. „Bitte antworte für das Protokoll."„Ja, hab' ich verstanden."

„Gut, dann geht es jetzt los."

Die auf den Bildern eins bis drei Abgebildeten konnte Vanessa relativ sicher ausschließen.

„Bist du ganz sicher, Vanni? du sagtest doch, der eine …", bemühte Vanessas Mutter sich um Hilfestellung, wurde jedoch umgehend von Kriminalkommissarin Reimann ermahnt. „Frau Grönwohld, Sie dürfen als Erziehungsberechtigte hier nur anwesend sein. Das bedeutet nicht, dass Sie ein Mitspracherecht haben. Wenn Sie irgendwelche Bedenken haben, dann können wir das gerne hinterher …"

„Entschuldigung, habe ich verstanden. Ich dachte nur …"

„Frau Grönwohld, bitte, ich würde gerne fortfahren."

„Der könnte dabei gewesen sein", kommentierte Vanessa das nächste Bild.

„Hm, weiss nicht" bei Bild Nummer fünf.

Bild sechs und sieben waren Treffer. „Der war dabei. Da bin ich mir ganz sicher, und der auch. Das erkenne ich an dem spitzen Kinn und dem dünnen Bart hier oben."

„Der glaube ich auch" war ihr Kommentar zum achten und letzten Bild der Reihe.

Auf Reimanns Nachfrage, wie sicher sie sich sei, schätzte Vanessa sich für Bild Nummer vier bei 50% und für Bild Nummer acht bei 60 % bis 70% ein.

Bei den Bildern auf Position sechs und sieben war sie sich aber ganz sicher. „Die glotzten mir direkt ins Gesicht. Und die beiden sehen ja auch fast gleich aus."

Djawed Rahmatullah, geboren am 01.01.1999 in Kandahar, und Shafiq Rahmatullah, geboren am 12.04.2001, ebenfalls in Kandahar, gab Reimann ins System ein.

„Dann treten wir jetzt nochmal in die Vernehmung ein. Vanessa, wir hatten uns vorhin ja schon auf das *Du* geeinigt, kannst du dich noch erinnern, wer genau was gemacht hat?"

„Ja nee, die haben mich halt alle begrapscht, überall.

„Ja genau, das haben wir schon aufgenommen. Ich weiß, dass das für dich sehr schwierig sein muss, aber versuch' doch bitte nochmal zu überlegen, wer von den beiden dich wo angefasst hat."

„Die standen ja auch mal direkt vor mir, also dann wahrscheinlich auch hier vorn", gab Vanessa etwas unsicher zurück und deutete dabei auf ihren Schambereich.

Die vielen Hände, der Schock, die Angst, Vanessa überlegte noch einmal „Doch, genau, einer von denen fasste mir dahin, und einer hielt mich fest."

„Vielen Dank, Vanessa. Das war sehr gut."

§

Die übrigen Zeugen konnten keinen der Täter sicher wiedererkennen. Polizeiobermeister Nikolaus Klose konnte sich erinnern, die beiden Rahmatullahs am Tattag im Shopping-Center kontrolliert zu haben.

Nach Abschluss der Ermittlungen sah ich einen hinreichenden Tatverdacht, den das Gesetz für eine Anklageerhebung verlangt, gegen die Beschuldigten Djawed Rahmatullah und Shafiq Rahmatullah als gegeben. Beide ließen die Staatsanwaltschaft über ihre Pflichtverteidiger wissen, dass sie mit der Tat nichts zu tun hätten. Weitere Angaben wurden nicht gemacht. Aufgrund der Aussage Vanessa Grönwohlds würden sie der Tat überführt werden. Auch hatte der Zeuge Polizeihauptmeister Klose sie vor Ort kontrolliert.

Nach der Reform der Sexualstrafgesetzgebung nach den Ereignissen auf der Kölner Domplatte Silvester 2015 war nun auch das Berühren in sexuell bestimmter

Weise, also zum Beispiel auch der Griff an den Po über der Kleidung, strafbar. Vorher mussten Verfahren, in denen die strengen Anforderungen an die *sexuelle Handlung* nicht erfüllt waren, zu unserem Bedauern und unter Unverständnis auf Seiten der Geschädigten oftmals leider eingestellt werden oder es blieb allenfalls eine Beleidigung übrig. Nun war es einfacher, die Täter zur Verantwortung zu ziehen.

Im Rahmatullah-Fall bestand jedoch kein Zweifel, dass die Taten als sexuelle Handlungen im Sinne des Gesetzes zu werten waren, so dass ich, da die Tat von mehreren Tätern gemeinschaftlich begangen wurde, sexuelle Nötigung in einem besonders schweren Fall anklagte. Das Gesetz sieht hierfür eine Freiheitsstrafe nicht unter zwei Jahren vor, so dass das Schöffengericht zuständig war.

§

Als der Hauptverhandlungstermin nach schon drei Monaten stattfand, betrat Richter Dr. Pirchner, der wie alle in der Justiz glaubten, nur noch darauf wartete in Ruhe zum Angeln gehen und den Winter auf den Kanaren verbringen zu können, den gut gefüllten Saal, im Schlepptau die beiden Schöffen, ein Mann mittleren

Alters, den ich in früheren Zeiten für einen Postbeamten gehalten hätte, und eine Frau im fortgeschrittenen Alter, die mich mit ihren roten Haaren und der breitrandigen Brille vielleicht nicht nur zufällig an eine Fernsehrichterin erinnerte. Die Protokollführerin, die Angeklagten mit ihren beiden Verteidigern, eine Dolmetscherin für Dari, das Publikum, unter dem sich auch Thomas Adler für die Zeitung befand, und ich erhoben uns pflichtgemäß.

Dr. Pirchner winkte ab „Jaja, nehmen Sie Platz", ließ geräuschvoll den Aktenstapel auf seinen Tisch fallen und suchte in seinem Stuhl, der gegenüber den Schöffenstühlen über eine höhere Rückenlehne verfügte, eine bequeme Sitzposition. Zur Beschleunigung verzichtete er, ohne die Zustimmung der Beteiligten einzuholen, auch gerne mal auf das Verlesen der Anklageschrift durch die Staatsanwaltschaft. Es wüssten doch alle, worum es gehe. Heute aber nicht. Vielleicht wegen der Presse?

Nachdem die Anwesenheit der geladenen Zeugen festgestellt, die Formalitäten erledigt und schließlich die Anklage verlesen und übersetzt worden war, erhielten die Angeklagten Gelegenheit zur Stellungnahme. Wie die Anwälte bereits im Ermittlungsverfahren zur Akte gaben, hatten sie natürlich nichts mit der Sache zu tun.

Vanessa Grönwohld betrat nach ihrem Aufruf zusammen mit ihrem Zeugenbeistand, Rechtsanwalt Winterberg, den Saal. Ihre Eltern saßen bereits in der ersten Reihe. Bei Vanessa überwog, dem äußeren Anschein nach, das Gefühl der Genugtuung und die

Erwartung einer angemessenen Sanktionierung gegenüber dem Gefühl der Angst oder Unsicherheit.

„So, Frau Grönwohld, Sie haben ja schon mal bei der Polizei ausgesagt, dass die beiden Angeklagten Sie im Schritt und an den Brüsten angefasst haben. Stimmt das so?", leitete Dr. Pirchner die Zeugenbefragung ein.

Ich hoffte, nur in Gedanken den Kopf geschüttelt zu haben und befürchtete, Dr. Pirchner würde nun sein eigenes Verfahren sabotieren. Prompt meldete sich Rechtsanwalt Akbay, der Djawed Rahmatullah vertrat. „Herr Vorsitzender, ich darf doch sehr bitten. Das ist eine Suggestivfrage. Außerdem sollte die Zeugin doch erstmal aus eigener Erinnerung frei vortragen."

„Wie ich mein Verfahren führe, das können Sie bitte mir überlassen", empörte sich der Vorsitzende.

„Wenn das so ist, muss ich mir überlegen, ob ich nicht einen Antrag auf Ablehnung wegen der Besorgnis der Befangenheit stelle" fiel Rechtsanwalt Akbay umgehend ein.

Die Dolmetscherin wirkte inzwischen sichtlich überfordert.

Na prima. Musste ja so kommen. Eigentlich wunderte ich mich tatsächlich, dass Dr. Pirchner nicht viel häufiger abgelehnt wurde.

Der konterte noch einmal. „Und ich würde mir an Ihrer Stelle gut überlegen, ob Sie wirklich einen solchen

Antrag stellen wollen. Sie wollen doch sicher mal wieder mit mir verhandeln."

Drohte er dem Verteidiger? Ja, er setzte tatsächlich den Verteidiger unter Druck, seine strafprozessualen Rechte nicht wahrzunehmen. Und der? Nichts. Von Rechtsanwalt Akbay kam nichts mehr. Rechtsanwalt Dr. Brunkhorst, der den anderen Rahmatullah vertrat, hatte sich das Ganze nur angehört, griff aber nicht ein. Ich hielt mich auch zurück, genauso wie Winterberg. Das war eine Sache zwischen Gericht und Verteidigung.

Nachdem diese Machtspielchen beendet waren, durfte Vanessa Grönwohld nun doch noch aus eigener Erinnerung berichten, und das machte sie gut. Auch bestätigte sie noch einmal, dass es sich bei den beiden Angeklagten um zwei der Täter handele. Dr. Pirchner hatte keine Nachfragen und auch ich wollte die tapfere Zeugin nicht länger als nötig auf dem Zeugenstuhl festhalten.

Herbert Kruska, der Erste, der auf die Tat aufmerksam geworden war, und Tanja Tietje, die die Polizei rief, machten nur wenig brauchbare Angaben. Insbesondere hätten sie keine konkreten Tathandlungen beobachtet und könnten erst recht keine Handlungen konkreten Personen zuordnen.

Über die Zeugin Kriminalkommissarin Stefanie Reimann sowie durch Verlesung wurde das Ergebnis der Lichtbildvorlage in die Hauptverhandlung eingeführt.

Am Ende kann sich ein Urteil nur auf das stützen, was in der Hauptverhandlung besprochen wurde. Es gilt das Mündlichkeitsprinzip.

Polizeiobermeister Nikolaus Klose bestätigte, die beiden Angeklagten am Tattag im Shopping-Center gesehen zu haben.

Erst jetzt meldete sich Rechtsanwalt Dr. Brunkhorst, er würde gerne noch drei Zeugen hören. Diese sollten sich inzwischen wohl auch vor dem Saal eingefunden haben.

„Was sind das für Zeugen, und warum kommen Sie damit erst jetzt?" wollte Dr. Pirchner wissen.

„Die Zeugen können bestätigen, dass mein Mandant die Tat nicht begangen haben kann."

„Das gilt auch für meinen Mandanten" klinkte Rechtsanwalt Akbay sich ein.

Die Zeugen waren tatsächlich da. Navruz Rahimi, Siar Najibullah und Edisa Rustam bestätigten, den ganzen Tag mit den Angeklagten zusammen gewesen zu sein.

„Wir sind durch die Straßen gezogen und dann ins Shopping-Center gegangen. Als wir dort ankamen, standen schon zwei Streifenwagen davor. Als Polizisten auf uns zukamen, sind wir Drei abgehauen, weil wir mit der Polizei nichts zu tun haben wollten. Djawed und Shafiq sind dann kontrolliert worden", übersetzte die Dolmetscherin.

Polizeiobermeister Klose wurde noch einmal in den Zeugenstand gerufen. Er konnte sich weder erinnern noch ausschließen, dass die Angeklagten vor der Kontrolle mit drei weiteren Landsleuten zusammen waren.

Nachdem weitere Beweiserhebungen nicht beantragt wurden, schloss Dr. Pirchner die Beweisaufnahme und fragte in Richtung Staatsanwaltschaft, ob eine Unterbrechung zur Vorbereitung des Plädoyers benötigt würde. Eine Unterbrechung brauchte ich nicht. Der Fall war klar. Ich stützte die Beweisführung im Wesentlichen auf die Aussage der Geschädigten. Die Aussagen von Rahimi, Najibullah und Rustam wertete ich als Gefälligkeitsaussagen. Später im Büro würde ich ein Verfahren wegen Falschaussage einleiten.

Mein Antrag lautete für beide Angeklagten auf drei Jahre Freiheitsstrafe.

Die Verteidigung beantragte erwartungsgemäß voller Überzeugung Freisprüche. Nach dem Ergebnis der Hauptverhandlung könne das Gericht gar nicht anders entscheiden.

Konnte es doch. Das Schöffengericht verurteilte Djawed Rahmatullah und Shafiq Rahmatullah jeweils zu einer Freiheitsstrafe von zwei Jahren und sechs Monaten. Anschließend folgte die Rechtsmittelbelehrung.

„Die Sitzung ist damit geschlossen." In den Gesichtern der Familie Grönwohld las ich Erleichterung.

In der Berufungsinstanz sprach das Landgericht die Angeklagten frei.

§

Gut drei Wochen später, in der Nacht von Samstag auf Sonntag, wurden gegen 00:45 Uhr zwei Rettungswagen und ein Streifenwagen zum Apache-Club entsandt. Den Club gab es schon ein knappes halbes Jahrhundert, und es hatte sich dort auch nicht viel verändert. Eigentlich nur die Bezeichnung. Früher war es eine Diskothek, jetzt eben ein Club. *Diskothek* war nicht mehr hip. *Apache* blieb.

Wie die eingesetzten Polizeibeamten, Oberkommissar Lüders und Oberkommissarin Korittke, in der ersten Sachverhaltsaufnahme erfuhren, handele es sich bei den zwei verletzten Männern um Besucher des Clubs. Diese hätten eine Auseinandersetzung mit anderen Gästen und dem Sicherheitsdienst gehabt. Ein Einsatz, wie er am Wochenende leider regelmäßig vorkam, meistens allerdings drei bis vier Stunden später, wenn der Alkoholpegel der Beteiligten auf einen Wert deutlich jenseits der 2,0 Promille gestiegen war. Eine vier vor dem Komma in Verbindung mit der ärztlichen Einschätzung des Probanden, dieser wirke *mittelgradig alkoholisiert,* hatte Korittke auch schon erlebt. Ein Wert, bei dem *„normale"* Menschen bestenfalls auf der Intensivstation lagen, anstatt sich mit anderen zu schlagen.

Die beiden Verletzten von schlanker Statur wurden auf dem kleinen Vorplatz des Clubs durch die Rettungskräfte erstversorgt. Eine Aussage war von ihnen hier nicht zu bekommen. Beide waren blutüberströmt. Lüders konnte noch bei einem der beiden für einen kurzen Augenblick eine klaffende Platzwunde mittig auf dem Kopf und die blutig verklebten kurzen Haare erkennen und ein paar Fotos machen, bevor der Kopfverband angelegt wurde. Der andere Verletzte war in ähnlicher Weise erstversorgt, lag aber bereits auf einer Trage und war an einen Tropf angeschlossen. Kurz darauf, nachdem die Sanitäter die Türen ihrer Fahrzeuge geschlossen hatten, ertönte das ohrenbetäubende Geräusch der Sirenen, bevor die Rettungswagen mit Blaulicht aus dem Sichtbereich verschwanden. Langsam beruhigte sich die Menge der Schaulustigen, die sich bei so etwas schnell vor dem Club einfand.

Die Security-Mitarbeiter René Schockemöhle und Hossan Albayrak gaben in ihrer ersten Befragung vor Ort an, die beiden Gäste hätten im Club immer wieder junge Frauen angetanzt und dann auch im Club verfolgt. Als die Frauen sich beschwerten, wurde den Männern ein Hausverbot erteilt. Da sie das nicht akzeptieren wollten, gab Schockemöhle weiter an, habe man vom Hausrecht Gebrauch gemacht und die beiden vor die Tür gesetzt. Mehr wäre nicht gewesen. Woher die Verletzungen genau stammten, wisse man nicht. Als Schockemöhle und Albayrak draußen von den beiden angegriffen worden seien, habe man sich zur Wehr gesetzt, und die beiden seien hingefallen.

Von den umstehenden konnte in Erfahrung gebracht werden, dass auch ein dritter *Türsteher* irgendwie dabei gewesen sei. Einer habe auch eine Stange, vielleicht einen Schlagstock, in der Hand gehabt.

Der dritte Mann konnte durch die Polizei schnell ermittelt werden, so dass mein Verfahren sich gegen diese drei, die beiden Sicherheitsleute und den dritten Mann, richtete.

§

Ich hatte somit über eine Anklageerhebung gegen René Schockemöhle, Hossan Albayrak und Nikolaus Klose zu entscheiden. Nikolaus Klose? Nikolaus Klose war doch Polizeibeamter. Ja richtig, zuletzt hatte ich im Zusammenhang mit der Shopping-Center-Sache mit ihm zu tun. Da war er Zeuge, auch in der Berufungsverhandlung, die mit einem Freispruch endete.

Ich rief im System noch einmal den Fall der Geschädigten Vanessa Grönwohld auf, an deren Namen ich mich noch erinnern konnte. So lange lag die Sache ja noch nicht zurück.

Djawed Rahmatulla und Shafiq Rahmatullah, richtig, so hießen die Beschuldigten. Nun waren die beiden übel zugerichtet worden. Das Krankenhaus hatten sie nach etwa einer Woche verlassen können. Shafiq hatte auf dem linken Auge noch eine dreißigprozentige Sehminderung. Beide litten noch unter Kopfschmerzen und Schwindel. Die Narben auf dem Kopf würde man später wohl nicht mehr sehen.

Ich glaube eigentlich nicht an Zufälle, auch, wenn ich gerade in meiner Zeit bei der Staatsanwaltschaft schon viel Skurriles erlebt habe. Sicher, die Sache mit der Belästigung passte ins Bild, aber die Verletzungen? Durch einen Sturz?

Klose hatte ein paar Jahre auch im Sicherheitsdienst gearbeitet. An jenem Samstag, so hatte er gegenüber seinen Kollegen angegeben, sei er Gast im Apache gewesen. Als es Stress gegeben habe, habe er René und Hossan, die er noch von früher kenne, geholfen. Die beiden bestätigten Kloses Abgaben. Alle drei hätten wirklich nur das Hausrecht ausgeübt, geschlagen habe keiner, schon gar nicht mit einem Schlagstock. Tatsächlich konnte ein Schlagstock oder ein ähnliches Schlagwerkzeug an dem Abend in der näheren Umgebung nicht aufgefunden werden. Die Überwachungskamera war auf einen anderen Bereich ausgerichtet.

Hat da vielleicht ein frustrierter Polizeibeamter die Sache nun selbst in die Hand genommen? Jemand, der jeden Tag auf der Straße ist, und später sieht, wie Gewalttäter, Drogendealer und Diebe aus verschiedensten Gründen weiterhin frei herumliefen, auch wenn wir uns täglich bemühen, dass jeder seiner gerechten Strafe zugeführt wird.

Die Beweislage war dünn. Ich hatte die Aussagen der Geschädigten, die schon aufgrund des Vorgeschehens nicht gut auf die Beschuldigten zu sprechen waren, ich hatte die Verletzungsbilder, die zu dem Einsatz eines Schlagstocks passten. Auf der anderen Seite hatte ich übereinstimmende Aussagen der Beschuldigten, einer von ihnen Polizeibeamter, die die Tat bestritten. Ich hatte keine Tatwaffe und keine Videoaufzeichnung. Selbst wenn der Einsatz eines Schlagstocks bewiesen wäre, wer von den Beschuldigten mochte zugeschlagen haben? Wären die Schläge den anderen beiden über deren Tatbeitrag in Mittäterschaft zuzurechnen?

Meine Zweifel wurden ausgeräumt als sich nun doch noch eine unabhängige Zeugin meldete, die alle drei eindeutig belastete. Einer hat mit einer Eisenstange zugeschlagen, die anderen beiden hätten die beiden Südländer dabei festgehalten. Die Zeugin hatte zunächst geglaubt, es hätten genug Gäste den Vorfall beobachtet, und ihre Aussage würde nicht benötigt. Über Facebook habe sie über ein paar Ecken erfahren, dass dem nicht so war und sich entschieden, auszusagen.

Die Sache war abschlussreif.

§

In der Hauptverhandlung fand mein Anklagevorwurf der gefährlichen Körperverletzung durch Einsatz eines gefährlichen Werkzeugs und aufgrund gemeinschaftlicher Begehungsweise Bestätigung. Das Gesetz sieht hierfür eine Freiheitsstrafe von sechs Monaten bis zu zehn Jahren vor. Shafiqs Probleme mit dem Auge hatten sich deutlich gebessert, so dass eine schwere Körperverletzung nicht mehr im Raum stand.

Was war nun eine angemessene Strafe? Bei einer Verurteilung von einem Jahr oder mehr würde Klose aus dem Polizeidienst entlassen. Man sah ihm an, dass ihn dieser Gedanke auch umtrieb, als er mit seinen Fingern nervös die vor ihm liegenden Notizzettel bearbeitete, Schweißperlen auf der Stirn. Vorstrafen hatte er keine. Sein Verhalten im Dienst war stets vorbildlich. Die Verteidigung hatte zum Beweis die letzten dienstlichen Beurteilungen vorgelegt. Besonders hervorgehoben wurde Kloses Fähigkeit zur Deeskalation. Was war an diesem Abend mit dem Mann los? Wie konnte er sich zu dieser Tat hinreißen lassen? Sollte ich über Kloses berufliche Zukunft befinden oder vielmehr wie sollte ich auf eine solche Entscheidung hinwirken? Zu urteilen hatte schließlich immer noch das Gericht. Wollte der Bürger so jemanden überhaupt noch in Uniform sehen? Was würden Vanessa und ihre Eltern dazu sagen? Würden sie sagen „recht so, das haben die Rahmatullahs doch verdient", wenn das Gericht sie im Stich ließ, wenn man Vanessa nicht glaubte?

Ich rang mit mir. Die Tat war nicht zu rechtfertigen, auch nicht aufgrund der Sache mit Vanessa. Gleichwohl war ich nach wie vor von der Schuld der beiden Rahmatullahs in dem abgeschlossenen Verfahren überzeugt. Klose hätte noch Jahrzehnte im Polizeidienst vor sich, könnte noch gute Arbeit leisten, seine Familie ernähren. Der Tatvorwurf war zu erheblich. Ich beantragte für Klose eine Freiheitsstrafe von einem Jahr und fünf Monaten, für Schockemöhle und Albayrak aufgrund ihrer Vorstrafen jeweils ein Jahr und neun Monate, im Fall Klose unter Strafaussetzung zur Bewährung. Klose sollte einen Geldbetrag von zweitausend Euro an einen Opfer-hilfeverein zahlen.

Die Schmerzensgeldfrage sollten die Anwälte untereinander klären.

Richter Küppersbusch verurteilte Schockemöhle und Albayrak zu Freiheitsstrafen von einem Jahr und sechs Monaten und Polizeiobermeister Nikolaus Klose zu einer Freiheitsstrafe von elf Monaten, im Übrigen antragsgemäß.

§

Ich dachte sieben Tage über die Einlegung eines Rechtsmittels, insbesondere hinsichtlich des milden Urteils gegen Klose nach – und ließ die Rechtsmittelfrist schließlich verstreichen.

JUSTIN

Auch Jugendrichter Schöller gehört zu den nur noch wenigen Alten.

Er macht seine Arbeit schon so lange, dass er sich keine große Mühe mehr geben muss, Dinge, die immer wieder zu sagen waren, jedes Mal in neue Worte zu kleiden, und das war auch völlig in Ordnung.

Gleich, nachdem ich die Anklage verlesen hatte, würde folgen, *da haben Sie gehört, was Ihnen vorgeworfen wird. Aber erstmal zu ihren schulischen und beruflichen Verhältnissen, das sind allerdings schon Fragen, die Sie nicht mehr beantworten müssen. Fragen tun wir allerdings trotzdem. Dann haben Sie die freie Auswahl, ob Sie heute Angaben machen wollen oder nicht. Wenn nicht, ist auch okay, dann machen wir für heute Schluss und es gibt einen neuen Termin, zu dem ich die Zeugen lade. - Neues Spiel, neues Glück, sage ich immer. Also ...*

„Da haben Sie gehört, was Ihnen vorgeworfen wird, aber erstmal, …", hörte ich Schöller von meiner linken Seite zur Bestätigung.

Justin Grothe wurde beim Ladendiebstahl erwischt, hatte im Bahnhofsshop zwei Flaschen Vodka und Gummibärchen eingesteckt.
Außerdem hatte er mit dem Mazda seiner Freundin Madalina ein paar Runden gedreht, wieder einmal. Einen Führerschein hat er nicht. Als Heranwachsender unterlag er noch dem Jugendstrafrecht. Justin räumte die Taten gelangweilt ein, wie immer, wenn er vor Gericht war.
Er hatte mit seinen achtzehn Jahren schon ein langes Erziehungsregister, von Hausfriedensbruch über Sachbeschädigung, Bedrohung, Beleidigung und Körperverletzung bis zu Raub, räuberischer Erpressung und Drogenbesitz. In letzter Zeit fiel er vermehrt mit Verkehrsdelikten wie auf.
Gleich würde Schöller vortragen, welchen Schaden der Ladendiebstahl umgerechnet auf die Bevölkerung pro Jahr und hochgerechnet auf eine vierköpfige Familie ausmachte, und was die Familie stattdessen damit anfangen könne, sich zum Beispiel für eine Woche ein Ferienhaus in Dänemark mieten könne.
Schon hielt Schöller, wie an dieser Stelle üblich, die Hand, als würde er sich eine Honigmelone unter das Kinn klemmen wollen. „Da krieg' ich so'n Hals."

Jugendgerichte und Jugendamt hatten bereits einiges an Erziehungsmaßregeln und Erziehungshilfen für den belehrungsresistenten Justin aufgeboten. Er hat bereits mehrfach gemeinnützige Arbeit abgeleistet, meistens auf dem Friedhof oder auch auf der städtischen Skaterbahn. Auch hat er schon einen Jugendarrest verbüßt. Dort fuhr er Mountainbike, töpferte Vasen, bug in der Versuchsküche einen Kuchen oder knüpfte Armbänder, alles Dinge, die zuvor noch nie jemand mit ihm gemacht hatte, was grundsätzlich sehr schade ist.

An einem Antigewalttraining nahm er auch schon teil. Das Gericht hatte auch schon eine Betreuungsweisung ausgesprochen, wonach Justin im engen Kontakt zum Jugendamt den dortigen Weisungen im Rahmen eines Jugendhilfeplans Folge zu leisten hatte.

Für eine Jugendstrafe in Form einer zu verbüßenden Freiheitsstrafe reichte es noch nicht. Im Vordergrund stand schließlich der Erziehungsgedanke. Das ist grundsätzlich natürlich auch richtig. Nur war es leider nicht immer so, dass die Justiz etwas korrigieren konnte, was über viele Jahre falsch lief.

Die junge Vertreterin des Jugendamtes erstattete ihren Bericht. „Im Alter von vierzehn Jahren wurde Justin in eine Pflegefamilie gegeben, weil seine Mutter nicht mehr mit ihm klarkam. Seinen Vater hat er nie kennengelernt. Als er sechzehn wurde zog er wieder zu Hause ein, weil es in der Pflegefamilie Probleme gab. Mit achtzehn Jahren zog er mit seiner Freundin Madalina zusammen. Zu seinen beiden älteren Schwestern Fabienne und Larissa, die in der Schule recht erfolgreich gewesen sind, hatte er eigentlich ein ganz gutes Verhältnis. Jetzt sieht er sie aber nur noch selten. Justin hat noch keinen Schulabschluss. Die Schule hat er häufiger wechseln müssen wegen mangelnder Anpassungsfähigkeit und Auffälligkeiten im Bereich Gewalt. Aufgrund der vielen Fehlzeiten, hat er einen Abschluss nicht geschafft. Eine Berufsausbildung hat er nie begonnen. Justin hat eine Tochter. Das zweijährige Mädchen lebt in einer Pflegefamilie. Zu der Mutter des Kindes hat er keinen Kontakt mehr. Seine Freundin Madalina ist im dritten Monat schwanger. Justin gibt an, dass er sich als Vater gut um das Kind kümmern will. Tagsüber chillt er gerne oder zieht mit seinen Kollegen umher. Justin lebt, wie auch Madalina, von Bürgergeld. Später will er vielleicht zur Bundeswehr."

„Was schlagen Sie vor?" wollte Schöller wissen.

„Justin ist ein ganz toller Junge mit ganz viel Potenzial …"

Wie bitte? Habe ich mich da gerade verhört? Natürlich, er hatte eine nicht einfache familiäre Ausgangssituation, aber seine Schwestern doch auch. Und was meint die geschätzte Kollegin der Jugendgerichtshilfe mit „viel Potenzial"? Vielleicht sollte es bedeuten, es gäbe noch viel Raum für Verbesserungen, dann würde ich wohl zustimmen.

„Vielleicht sollten wir, unter Finanzierungsvorbehalt natürlich, mal über eine enge Einzelbetreuung nachdenken", schlug sie vor.

„Was genau stellen Sie sich da vor?", hakte Schöller nach.

„Wir haben sowas schon mal gemacht. Es gibt da ein Programm in Norwegen, das ist dann eine Eins-zu-eins-Betreuung, das heißt, da wäre ein Betreuer vier Wochen nur mit Justin unterwegs. Da wird dann gewandert, geangelt …, ich weiß natürlich nicht, weil Justin ja jetzt schon achtzehn ist, das müsste ich dann nochmal …"

„Ja, hm, danke erstmal. Das ist mir jetzt doch alles irgendwie zu vage."

Auch in Justins Gesicht war abzulesen, dass er das Abhängen mit seinen Kollegen und die Zeit mit Madalina dem Angebot eines kostenlosen Angelurlaubs in Norwegen vorzog.

Am Ende gab es nochmal Arbeitsstunden.

§

Madalina wusste nicht, dass Justin sich wieder ihren Mazda genommen hat. Vielleicht konnte sie aber auch einfach nichts dagegen unternehmen.
Woher die teuren Lautsprecherboxen kommen, die er vor ein paar Tagen im Kofferraum eingebaut hat, wollte sie gar nicht wissen.

Justin fuhr an diesem noch relativ warmen Abend zum Supermarktparkplatz. Meistens traf er dort seine Leute. Heute waren Kenneth und Taylor auf ihren Rollern da. Kenneth war zwanzig, Taylor schon einundzwanzig. Taylor hatte Vodka und Energy-Drinks dabei.

Justin war stolz, den beiden die neue Soundanlage präsentieren zu können und drehte den Titel *069* von *Haftbefehl* auf, so dass der Krach weit über den Supermarktparkplatz hinaus zu hören war, was Kenneth mit „Respekt Alter" kommentierte. Taylor, dem der kopfschüttelnde Mann im Rentenalter auffiel, rief in dessen Richtung „was glotzt du, Alter?" und „verpiss dich", woraufhin dieser den Blick zur Sicherheit schnell abwandte und seines Weges ging.

Sie tranken, lachten und grölten. Offensichtlich hatten sie viel Spaß. Justin verewigte sich noch auf dem Parkplatz, indem er mit dem Auto bei angezogener Handbremse Kreise drehte. Das wollte er immer schon mal machen. Madalina würde das wohl nicht so gut finden, aber sie musste ja nichts davon wissen.

Als es bereits dunkel war, fuhr er noch ein bisschen durch die Stadt, *Haftbefehl* auf voller Lautstärke, die Fenster heruntergelassen. Er war gut drauf. Später würde er mit Madi noch ein bisschen Spaß haben.

Den grauen Kleinwagen, der von rechts kam, hatte er nicht gesehen. Er traf ihn genau im Bereich der Fahrertür. Es krachte, Metall knirschte, Glas- und Plastikteile flogen durch die Gegend. Justin wurde in den

Gurt gepresst. Zum Glück hatte er ihn angelegt. Sein Kopf schleuderte nach vorn und wieder zurück. Er war wie benebelt. Ihm war schwindelig. Was nun?

Langsam beruhigte sich die Szenerie. Passanten blieben mit großen Augen stehen. Ein Mann lief zu dem Opel Adam.

Ob der Mazda noch lief? Justin rieb sich die Augen, fand dann mit seiner rechten Hand den Zündschlüssel, drehte ihn herum, und der Motor heulte auf. Er legte den Rückwärtsgang ein und setzte ein paar Meter zurück. Teile der Stoßstange kratzten über den Asphalt, aber der Mazda fuhr noch. Vor ihm hatte sich auf der Straße eine Pfütze gebildet, wahrscheinlich Kühlwasser, vielleicht aber auch nur Scheibenwaschwasser. Justin beschleunigte und zog links an dem Fahrzeugwrack vorbei.

Die neunzehnjährige Anna Maibach erlitt einen Schock, einen Bruch des linken Ellenknochens, eine Prellung der Hüfte und zahlreiche oberflächliche Schnittwunden am linken Unterarm und in der linken Gesichtshälfte.

Passanten hatten einen Rettungswagen gerufen, der kurz darauf eintraf, ebenso ein Streifenwagen der Polizei. Von Justin war nichts mehr zu sehen. Zeugen konnten sich noch an eine helle Wagenfarbe und an die Buchstabenkombination KI MF erinnern. Die Zahl auf dem Kennzeichen soll dreistellig gewesen sein, vorn wohl mit einer 5. Es könne aber auch eine 3 gewesen sein, da sei man sich nicht mehr sicher.

Die Polizei ermittelte über eine Kennzeichenabfrage drei Fahrzeuge des Typs mit der genannten Buchstabenkombination, eines in weiß, eines in silber und eines in blau, welches ausscheiden dürfte.

Zunächst wurde der Halter des weißen Mazda mit dem Kennzeichen KI MF 366 aufgesucht. Manfred Fröhlich gab an, den ganzen Tag zu Hause gewesen zu sein. Sein Auto stand unversehrt in der Garage.

Auch Manuela Freese wurde zu Hause angetroffen. Der Mazda mit dem Kennzeichen KI MF 578 sei auf sie zugelassen, werde aber von ihrer Tochter, Madalina genutzt.

Am Klingelschild lasen die Polizeibeamten zwanzig Minuten später „Freese/Grothe" ab. Madalina Freese gab an, zu Fuß in der Stadt unterwegs gewesen zu sein. Danach sei sie zu Hause geblieben und habe ferngesehen. Justin Grothe sei ihr Freund. Wo der steckt, wisse sie nicht. Ihr Auto habe sie am Vortag in einer Seitenstraße geparkt.

Justin hatte sich in dem Mehrfamilienwohnhaus auf dem Dachboden hinter Kartons versteckt, wo er von den eingesetzten Polizeibeamten bei Absuche der näheren Umgebung aufgefunden wurde. Seinen Alkoholgeruch nahmen sie sofort wahr. Nachdem Justin einen Atemalkoholtest abgelehnt hatte, wurde er zur Entnahme einer Blutprobe zur Feststellung der Blutalkoholkonzentration mit auf das Revier genommen. Genau genommen wurden zwei Blutproben entnommen, um über die Feststellung des regelrechten

Abbaus des BAK-Wertes den weiteren Alkoholkonsum nach dem Unfall ausschließen zu können. Das war übliche Praxis, wenn die Möglichkeit eines Nachtrunks im Raum stand.

Außerdem wurde, nach telefonischer Absprache mit der Bereitschaftsstaatsanwältin, Justins Oberbekleidung sichergestellt.

In einer Seitenstraße wurde dann auch der demolierte Mazda, halb auf dem Bürgersteig geparkt, aufgefunden und eingeschleppt. Das am Unfallort sichergestellte Plastikstück passte wie ein Puzzleteil in den Kühlergrill. Die von der Polizei befragten Zeugen, hatten den Fahrer nicht erkennen können. Justin bestritt, mit dem Auto unterwegs gewesen zu sein.

DNA-Spuren oder Fingerabdrücke in dem Auto zu sichern machte keinen Sinn. Auch ein positiver Abgleich hätte keine Beweiskraft, da bekannt war, dass Justin Grothe den PKW auch zuvor schon gefahren hat.

Ich entschied mich daher, die kriminaltechnische Untersuchung des Fahrersitzes und der Kleidung, die Justin zur Tatzeit getragen hatte, anzuordnen. Durch das leichte Verrutschen auf dem Sitz im Augenblick des Zusammenstoßes entstand kurzfristig eine Reibungshitze, die Anschmelzspuren verursachte.

Unter dem Mikroskop wurden diese nachgewiesen.

Justin Grothe hat den Unfall verursacht.

Die ihm entnommenen Blutproben ergaben eine Blutalkoholkonzentration von 1,84‰ und 1,72‰.

Er hatte sich erneut vor dem Jugendgericht zu verantworten, dieses Mal wegen Gefährdung des Straßenverkehrs, Fahrens ohne Fahrerlaubnis, fahrlässiger Körperverletzung, unerlaubten Entfernens vom Unfallort und Trunkenheit im Verkehr.

Madalina verzichtete auf Stellung eines Strafantrages wegen unbefugten Gebrauchs eines Fahrzeuges. Ihr Mazda wurde verschrottet.

Anna Maibach trug sechs Wochen lang eine Armschiene. Sie fährt nur noch ungern mit dem Auto.

Was sollte mit Justin geschehen. Waren nun *schädliche Neigungen* festzustellen? Für die Verhängung einer Jugendstrafe – Justin stand unzweifelhaft in seinem ganzen Dasein noch einem Jugendlichen gleich, so dass an die Anwendung des allgemeinen Strafrechts nicht zu denken war -, war das Voraussetzung. Die schädlichen Neigungen müssten sich in der Tat und in der Person des Jugendlichen oder Heranwachsenden widerspiegeln. *Justin ist ein ganz toller Junge,* hatte ich noch im Ohr. Niemals würde das Gericht schädliche Neigungen feststellen.

§

Erwartungsgemäß folgte das Gericht meinem Antrag nicht.

Stattdessen gab es noch einmal zwei Wochen Töpfern.

§

Fabienne und Larissa Grothe unternahmen in letzter Zeit viel miteinander. Sie waren füreinander richtig gute Schwestern geworden. Zum einen war der ohnehin nicht so große Altersunterschied nicht mehr so wichtig, je älter sie wurden, zum anderen hatten sie eine weitere Gemeinsamkeit, seit Larissa, genau wie ein Jahr zuvor Fabienne, die Ausbildung zur Sozialversicherungsfachangestellten begonnen hat. Gelegentlich half Fabienne ihrer Schwester, insbesondere bei den krankenversicherungsspezifischen Fachseminaren, die recht anspruchsvoll waren. Vielleicht würden sie später sogar zusammenarbeiten.

Mit zwei weiteren Freundinnen hatten sie sich kürzlich von ihrem Ausbildungsgehalt ein Wellnesswochenende an der Ostsee gegönnt.

Heute wollten die beiden zusammen ins Kino, den neuen Film mit Ryan Gosling gucken. Danach vielleicht noch irgendwo etwas trinken gehen.

§

Taylor war inzwischen zweiundzwanzig und fuhr nicht mehr Roller. Er hatte einen Job, überführte Autos und so was. Genauer wusste Justin das nicht. Jedenfalls hatte er Justin Videos gezeigt auf denen er sich in teuren Autos selbst gefilmt hat. Das wollte Justin auch. In der Jugendarrestanstalt gab es für Justin noch keinen freien Platz, so dass er sich für den Abend mit Taylor auf dem Supermarktparkplatz verabreden konnte. Der wartete dort bereits in einem Mercedes AMG.

„Alter, der ist so krass, ich schwör", begrüßte er Justin, der anerkennend nickte.
„Whow Alter, Respekt", stimmte Justin ihm zu.

Nachdem Justin das Fahrzeug ausgiebig von allen Seiten begutachtet hatte, stiegen beide ein, Taylor hinter dem Lenkrad, Justin auf der Beifahrerseite, und Taylor zeigte seinem jüngeren *Kollegen,* was das Auto so hergab.

Klar, dass Justin anschließend auch fahren durfte. Dass er keine Fahrerlaubnis hatte, interessierte Taylor nicht sonderlich. Im Gegenzug wollte Justin nicht wissen, wo Taylor das Auto herhatte.

Der Feierabendverkehr hatte sich bereits gelegt, und auf den Straßen war nicht mehr viel los.

Die 510 PS waren einfach der Wahnsinn, das Motorengeräusch, das Gefühl, wie er beim Beschleunigen in den Sitz gepresst wurde, wie sie an allem vorbeizogen.

Die Rentnerin Karin Rogge betrat die Straße, nachdem sie sich davon überzeugt hatte, dass die Fahrbahn frei ist. Zumindest hatte sie das gedacht. Justin erblickte sie erst spät, zu spät. Er trat auf die Bremse, lenkte, verlor die Kontrolle über den AMG. Er war schnell, viel zu schnell, geriet ins Schleudern, drehte sich mit dem Fahrzeug mit quietschenden Reifen um einhundertachtzig Grad gegen den Uhrzeigersinn, hob mit dem Auto an der Bordsteinkante ab und prallte krachend mit dem Heck gegen eine Hauswand auf der linken Straßenseite.

Die junge Frau hatte keine Chance. Der ihm entgegenkommende Möbelwagen hatte ihm noch ausweichen können und fuhr der wie gelähmt auf der Straße stehenden Karin Rogge über beide Füße. Diese geriet ins Straucheln, fiel zu Boden, verstand nicht, was gerade passiert war, richtete sich wieder auf und sammelte die Äpfel ein, sie gerade bei dem späten Obst- und Gemüsehändler noch einkaufen konnte.

Dann setzte sie mit ausdruckslosem Blick ihren Weg auf den blutigen Stümpfen über die Straße und noch ein paar Meter über den Gehweg fort und hinterließ dabei blutige Fußabdrücke, bevor sie zusammenbrach.

Taylor befreite sich aus dem Fahrzeug und lief weg. Justin öffnete die Fahrertür, stieg aus und ging, wie in Trance, um das Fahrzeug herum zum hochstehenden Heck.

Neben sich sah er zuerst seine Schwester Fabienne, blass und zitternd, dann erst blickte er in die toten Augen seiner Schwester Larissa, die zwischen Hauswand und Auto in Hüfthöhe eingeklemmt war.

Karin Rogge mussten beide Unterschenkel amputiert werden.

Laut Unfallrekonstruktionsgutachten fuhr Justin Grothe unmittelbar vor dem Unfall mit einer Geschwindigkeit von 130 km/h durch die Stadt.

§

Die Kapitalabteilung übernahm das Verfahren mangels Mordvorsatzes nicht. Niedere Beweggründe würden sicherlich vorliegen, aber Grothe wäre nicht nachzuweisen, bei seiner Fahrt billigend den Tod anderer Personen in Kauf genommen zu haben.

Tatsächlich dürfte ihm kaum mit der erforderlichen Sicherheit nachzuweisen sein, sich über diese Möglichkeit überhaupt Gedanken gemacht zu haben. Man konnte den Beschuldigten nun einmal nicht in den Kopf gucken. Es bleibt immer die schwierige Aufgabe, aufgrund der äußeren Umstände auf Motive des Beschuldigten zu schließen.

Ich erhob vor dem Landgericht Anklage wegen des Vorwurfs eines verbotenen Kraftfahrzeugrennens mit Todesfolge in Tateinheit mit fahrlässiger Körperverletzung und Fahren ohne Fahrerlaubnis.

§

Justin Grothe wurde zu dreieinhalb Jahren Jugendstrafe verurteilt.

Seine Mutter und seine Schwester Fabienne sah er nie wieder.

DR. CMOK

„Wenn es weh tut, sagen Sie Bescheid."

„Hm"

„Sie sehen so braun aus. Waren Sie im Urlaub? Wo waren Sie denn?"

„M-m., hm …" Professor Hartmann hasste es, wenn sein Zahnarzt versuchte, mit ihm Smalltalk zu führen. Es waren einfach unfaire Bedingungen, wenn einer dem anderen bei der Unterhaltung beide Hände in den Mund steckte. Wenigstens fragte sein Arzt nicht, ob er immer noch seine Frau schlagen würde.

„Ich war bis letzte Woche wieder in Marseille", erzählte Dr. Cmok ungefragt. „Ich weiß gar nicht, ob ich das schon mal erzählt habe, aber ich habe da ja ein Boot liegen, und …"

Vielleicht sollte er sich lieber auf seine Arbeit konzentrieren, als von seinem Luxusurlaub zu schwärmen, dachte Hartmann. Offensichtlich verdiente man als Zahnarzt immer noch sehr gut, jedenfalls wenn man, wie Cmok, nur Privatpatienten behandelte.

Hartmann selbst war mit seiner Frau und den beiden Kindern in diesem Jahr zu Hause an der Ostsee. Zwar gehörte er zu Privilegierten, die sich eine Flugreise mit der vierköpfigen Familie in den Schulferien leisten konnten, aber schließlich wohnte er auch dort, wo andere Urlaub machten. Das Wetter war perfekt für schöne Tage am Strand. Sie genossen die gemeinsame Zeit. Der Urlaub war für alle sehr schön, bis auf die eine Sache.

§

Die sechsjährige Maite und der vierjährige Luka spielten gerade am Wasser. In dem Alter hatten sie noch ein ungeniertes Verhältnis zur Nacktheit, was für Gerd und Anette Hartmann noch in Ordnung war. Diese Unbekümmertheit würde sich ohnehin bald ändern, dachten sie.

Jedenfalls sind sie von einem jungen Paar, das am Wassersaum spazieren ging, auf den komischen Typen aufmerksam gemacht worden. Selbst hatten sie noch gar nicht bemerkt, dass auf der Strandpromenade ein älterer Mann mit langer Hose, einem weiten, hellblauen über die Hüfte reichenden Hemd und mit Hut - so beschrieben Sie ihn später bei der Polizei – eine Kamera mit einem mächtigen Teleobjektiv auf ihre Kinder ausgerichtet hat.

Von den anderen Strandbesuchern schien sich niemand dafür zu interessieren. Weit und breit kein interessantes Schiff, kein Möwenschwarm, erst recht kein Seeadler. Es ging ihm um die Kinder, wurde Hartmann klar, als er in seiner roten Badeshorts, über der man den leichten Bauchansatz nicht übersehen konnte, und mit weisser Basecap zügig durch den warmen Sand in die Richtung des Fotografen ging und dann lief, als dieser eilig seine Sachen unter den Arm klemmte und sich davon machte.

„Halt, bleiben Sie stehen!" rief Hartmann, was den Kerl natürlich nicht beeindruckte. Gerd Hartmann konnte ihn nicht mehr einholen, als er zwischen den Häusern in der ersten Reihe an der Strandpromenade verschwand. Der Vorsprung war zu groß.

§

Da ich für den Anfangsbuchstaben „H", in diesem Fall des Anzeigenden, zuständig bin, wurde das meine Sache.

Eine Sofortfahndung der Polizei hat auch nicht zur Ergreifung geführt. Die Polizei fand aber dort, wo der Verdächtige sich für seine Aufnahmen postiert hatte, eine Speicherkarte im Gebüsch. Für den Fall, dass er erwischt würde, wollte er das Beweismittel wohl besser loswerden. Vielleicht hat er sie beim überstürzten Zusammenraffen seiner Ausrüstung auch einfach verloren.

Tatsächlich gibt es auch Polizeihunde, die auf das Aufspüren von Datenträgern trainiert sind, aber das hier war einfach Glück.

Ich war ein wenig beruhigt, Gerd und Anette Hartmann mitteilen zu können, dass wir neben zahlreichen anderen Bildern zwar auch Bilder ihrer Kinder gefunden haben, diese vermutlich aber nicht mehr in den Umlauf kämen. Die Speicherkarte wurde natürlich daktyloskopisch und auf DNA-Spuren untersucht. Das DNA-Profil war unvollständig und vermischt und daher nicht brauchbar. Fingerabdrücke konnten gesichert werden, ergaben in der polizeilichen AFIS-Datenbank aber keinen Treffer. Für den Fall, dass der Täter noch ermittelt würde, wird die Speicherkarte noch eine Weile in unserer Asservatenkammer aufbewahrt und danach vernichtet. Dass sich auf der Karte neben den Ganzkörperansichten ihrer Kinder auch herangezoomte Großaufnahmen der Genitalregion beider Kinder und des Pos ihrer Tochter Maite befanden, verschwieg ich lieber.

§

„Anfragen 1" zeigte Amelies Instagram-Account an. Natürlich nahm die dreizehnjährige Amelie Heise die Anfrage an.

„Hübsches Profilbild"

„Oh danke, wer bist du?"

„Jannes. Wie alt bist du?"

„13 und du?"

„Echt? Du siehst viel älter aus. Ich bin 16."

„Okay!? Was machst du so?"

„Chillen, du siehst echt toll aus. Hast du schon mal was mit Jungs gemacht?"

„Nee, ich muss jetzt auch wieder … „

„Halt warte, vielleicht können wir über WhatsApp weiter schreiben?"

„Ja vielleicht, mal sehen …"

Mit ihrem flinken Daumen wischte Amelie den Chat beiseite als ihre Mutter das Zimmer betrat. „Amelie, du bist wirklich zu viel an deinem Handy. Kommst du zum Essen?"

§

Hannelore Jürgensen machte auf Polizeihauptmeister Ingo Köstritzer, der im Übrigen auch mein Nachbar ist, einen leicht verwirrten Eindruck als sie sich auf der Wache an den Tresen lehnte, der ihr bis zum Hals reichte, und den Diebstahl ihrer Girokarte zur Anzeige brachte. Vermutlich war die zweiundsiebzigjährige, gepflegt wirkende Dame aber einfach nur etwas aufgeregt, dachte Ingo.

„Erstmal das Wichtigste, haben Sie die Karte schon sperren lassen?"

„Nein, ich wollte …, ich dachte …, also das hab' ich ja gerade erst …"

„Gut, dann sollten wir das erstmal nachholen."

Ihr war, wie sie erst später feststellte, auch noch Bargeld in Höhe von einhundert bis einhundertzwanzig Euro gestohlen worden. Wann und wo konnte sie nicht sagen. Den Diebstahl hat sie erst bemerkt, als sie heute im Supermarkt an der Kasse stand.

§

Ich bekam die Sache als ein weiteres der etwa zweihundert Verfahren im Monat gegen Unbekannt zur

Einstellung wegen fehlender Ermittlungsansätze vorgelegt, eine etwas lästige Routinearbeit, die aber auch erledigt werden musste. Die Karte hatte sie leider erst zu spät gesperrt. Es war bereits ein Betrag von insgesamt 1.000,00 € abgehoben worden. Eigentlich war es kaum zu glauben, aber die Älteren tragen oftmals immer noch ihre PIN im Portemonnaie mit herum.

Ich veranlasste eine Bankanfrage. Man sollte sich auf jeden Fall einmal ansehen, was die Bilder der Überwachungskamera hergaben.

Für eine Einstellung in das Intranet der Landespolizei eigneten sich die Bilder, die die Bank mir zu dem Aktenzeichen übersandte, nicht, stellte ich fest, als es an meiner wie immer geöffneten Bürotür klopfte. Der Geldabheber wusste natürlich, dass er aufgenommen wurde und hatte sich mit Basecap, Kapuze und Sonnenbrille unkenntlich gemacht.

„Kommst du mit?", fragte Tina. „Mit, wohin? Oh Shit, die Abteilungsbesprechung." Die hätte ich jetzt vergessen. Ja, klar."

„*Wieder* vergessen, meinst du wohl. - Hey, den hatte ich auch gerade, zweimal sogar", tippte Tina auf die vor mir liegenden Videoprints.

„Und, irgendwelche Erkenntnisse?"

„Nein, nichts. Auffallend war nur, dass beide Geschädigten meinten, sie waren vorher beim Zahnarzt, und ihr Portemonnaie kann nur da weggekommen sein.

Ich wollte jetzt aber nicht beim Zahnarzt durchsuchen lassen", scherzte sie. „Ich glaube, wir müssen aber los."

Nachdem in der Abteilungsbesprechung zügig die üblichen Punkte abgehakt wurden, zog ich mir Tinas Sachen bei. Zahnarzt …, dachte ich und rief Ingo an.

Hannelore Jürgensen hatte nichts von einem Zahnarzt gesagt, klärte Ingo mich auf.

„Dann frag' doch bitte nochmal bei ihr nach."

„Geht klar, Carl, mach' ich gleich morgen."

Auch Hannelore Jürgensen war tatsächlich am Tag vor ihrer Anzeigenerstattung beim Zahnarzt. Mit den drei Fällen und dem gleichen Vorgehensmuster war langsam an gewerbsmäßigen Diebstahl und gewerbsmäßigen Computerbetrug zu denken, jedenfalls, wenn es noch mehr Fälle würden und es sich tatsächlich um ein und denselben Täter handeln sollte.

§

Amelie kannte nur die Jungs aus ihrer Klasse und ein paar aus den Parallelklassen. Die fand sie aber alle irgendwie albern. Jannes war schon sechzehn. Der ist bestimmt anders, dachte sie. Deshalb hatte sie ihm auch ihre Nummer gegeben. Sie hatten sich nun öfter abends zum Chatten verabredet und schrieben dann auch über Musik, Filme und solche Sachen.

Sie hatte schon fast geschlafen, als sie noch eine WhatsApp- Nachricht bekam. Jannes!

„Hi, schläfst du schon?"

„Nee"

„Bist du schon im Bett?"

„Ja, lese noch" log Amelie.

„Was hast du denn an?"

„Schlafsachen eben, wieso?"

„Zeig doch mal"

„Ich glaube nicht ..."

„Sei doch nicht so uncool. Bist halt doch erst 13 ..."

Das wollte Amelie sich nicht sagen lassen. „Na gut, ein Bild".

§

Sollte ich der Zahnarztsache nachgehen? Alle drei Frauen waren beim selben Zahnarzt, Dr. Cmok. Alle wurden im vierstelligen Bereich geschädigt. Das hört sich nicht mehr nach Zufall an. Aber welcher Zahnarzt bestielt schon seine Patienten? Hatte man als Zahnarzt heute ein so schlechtes Einkommen? Der Gedanke kam mir irgendwie absurd vor. Ich habe mal ein Verfahren gegen einen Zahnarzt geführt, der seine Mitarbeiterinnen drangsaliert, bedroht, genötigt und mit der Praxiseinrichtung nach ihnen geworfen hatte. Wegen ihres Abhängigkeitsverhältnisses hatten die jungen Frauen das viel zu lange ertragen. Aber das hier …?

Oder konnte es sich vielleicht auch um eine Geldabheberin handeln? Ich sah mir die Videoprints der verschiedenen Banken noch einmal an. Ein Gesicht war auf allen Bildern gar nicht zu erkennen, eine Frisur auch nicht. Lange Haare, kurze Haare, blond, schwarz, rot? Alles war möglich. Allein die Statur war eher etwas kräftig.

§

Amelie hatte Jannes am Abend noch ein Bild von sich in ihrem kurzen geblümten Schlafanzug geschickt, was Jannes mit „hübsche Beine" kommentierte. Von sich aus machte sie dann noch ein Bild, auf dem sie ihr Höschen nur ein ganz kleines Stück herunterzog, so dass man ein bisschen von ihrem Po sehen konnte. Dann verabredeten sie sich für heute Abend um dieselbe Uhrzeit.

Jannes hatte sie nun so weit, dass sie Gefallen daran fand, wie er sich für sie interessierte. Nach und nach brachte er sie dazu, immer mehr von sich zu zeigen und bot ihr an, dann auch etwas von sich zu zeigen. Am Ende hatte Amelie ein Foto eines Penis' und er Fotos ihrer noch jungen Brüste und ihres Schambereichs auf dem Handy. Als er von ihr verlangte, sich einen Gegenstand einzuführen und sich dabei selbst zu filmen, brach Amelie den Chat ab.

Ihre Eltern dürften davon nie etwas erfahren.

§

Die Geldautomatensache lag immer noch auf meinem Schreibtisch und wollte erledigt werden. Der Aktenbock war voll. Zuerst noch einmal der Computerbetrug, entschied ich. Das musste jetzt vom Tisch. Es gab auch noch andere Verfahren. Ich sah mir also den Internetauftritt der Arztpraxis an. Von der Statur her könnte es sich bei dem Abheber um Dr. Cmok handeln, aber auch um die nicht ganz zierliche zahnmedizinische Fachangestellte Sonia Keller.

Sonia Keller ist uns noch nicht bekannt, verriet mir das System, Cmok übrigens auch nicht.

Ich nahm mir noch einmal die Aussagen der Geschädigten vor.

„… mit dem Taxi zum Zahnarzt, … Tasche abgelegt … dann wieder mit einem Taxi zurück. … beim Bezahlen gemerkt, dass ein paar Scheine und Karte fehlen."

„… morgens zum Zahnarzt …Handtasche unbeaufsichtigt …nicht aufgefallen … und direkt wieder zurück. …kann nur da …"

„…erst am nächsten Tag gemerkt. Am Tag vorher … einkaufen und dann beim Zahnarzt … Tasche hinter mir …"

Dr. Cmok oder Sonia Keller? Wer war an den fraglichen Tagen in der Praxis? Offiziell ermitteln konnte ich das nicht. Dann wäre ein möglicher Täter gewarnt.

Vielleicht sollte ich mal wieder zur Prophylaxe.

„Praxis Dr. Cmok, Handke, guten Tag. Was kann ich für sie tun?"

„Guten Tag Frau Handke, Carl Meder mein Name, ich hätte gerne einen Termin zur Prophylaxe."

„Oh, da haben wir im Moment leider lange Wartezeiten. Waren Sie schon mal bei uns Herr Leder?"

„Meder. Nein. Ein Bekannter von mir … „

„Wo sind sie denn versichert?"

„Privat. Ein Bekannter von mir war bei Frau Keller und war sehr zufrieden."

„Ja, da muss ich sie ebenfalls enttäuschen. Frau Keller ist seit einem Monat nicht mehr bei uns. Den nächsten Termin kann ich ihnen …, Moment, in einem halben Jahr anbieten."

Also der Zahnarzt. Vermutlich waren meine drei Geschädigten nicht die Einzigen.

Der Durchsuchungsbeschluss für das Haus und die Praxisräume wurde antragsgemäß erlassen. Den Zahnarzt wollte ich mir auch ansehen und war am frühen Morgen in dessen Wohnhaus auf einem etwa zweitausend Quadratmeter großen Grundstück mit leichter Hanglage und Seeblick dabei.

Das Ehepaar Cmok wirkte konsterniert, als ich mit vier Uniformierten um 06:00 Uhr morgens vor der Tür stand und ihm den Durchsuchungsbeschluss vor die

Nase hielt. Ich meine, Angelika Cmok benutzte die Worte *aberwitzig*, *Unverschämtheit* und *beschweren*. Dr. Holger Cmok wirkte hingegen zunehmend nervös. Die vier Beamten streiften sich die Latexhandschuhe über und verteilten sich im Haus, zwei im Erdgeschoss, zwei stiegen über die alte Holztreppe nach oben. Aus dem Augenwinkel sah ich, wie Cmok sich streckte und etwas in dem Winkel eines Deckenbalkens des historischen Hauses platzierte.

„Darf ich das mal bitte sehen?" Cmok ignorierte meine Frage. Ich schob mit dem Fuß einen alten Schemel unter den Balken, stieg mit einem Fuß darauf und Griff in das Versteck. Es war sein Handy, das Cmok versuchte, vor uns zu verbergen. Vielleicht ergaben sich daraus Hinweise. Nachdem er die Bankdaten der Geschädigten einmal hatte, konnte er auch noch andere Dinge damit anstellen. Oder hatte er etwas anderes zu verheimlichen?

Cmok legte einfach nur den Kopf in den Nacken, schloss die Augen und blieb mit hängenden Schultern an Ort und Stelle stehen.

Das Handy war nicht gesperrt, WhatsApp noch geöffnet. Ich las „*Hey Amelie, bis heute Abend hab ich das Video. Sonst stell ich deine Bilder ins Netz ....*" – Kussmund-Smiley.

Wir fanden kein Diebesgut, insbesondere keine fremde Girokarte. Was das betraf, lag ich falsch. Meine weiteren Ermittlungen ergaben, dass für die Diebstähle in zwei Fällen und die Bargeldabhebungen in drei Fällen der Taxifahrer Hasan Yilmaz verantwortlich ist. Er hat zwei der Geschädigten, nach dem Bezahlen vor der Zahnarztpraxis dadurch abgelenkt, dass diese vor dem Aussteigen bitte noch einmal auf ihrer Seite weit zurückschauen mögen, weil ein Fahrgast an dieser Stelle kürzlich einen Unfall mit einem herannahenden Radfahrer gehabt habe. Diesen Augenblick nutzte er für den Griff in die Handtasche. Im dritten Fall räumte er ein, das Portemonnaie vor der Praxis gefunden und das Geld abgehoben zu haben.

Bei der forensischen Auswertung der bei Dr. Holger Cmok beschlagnahmten zwei Laptops und des Handys wurden 783 kinder- und 431 jugendpornografische Bild- und Videodateien sichergestellt.

Es wurden vier neue Ermittlungsverfahren gegen Chatpartner des Beschuldigten Cmok eingeleitet. Die Ermittlungsgruppe KiPo wird einiges auszuwerten haben, was Ihnen oftmals einiges abverlangte. In einem Fall wurden dem Beschuldigten Dr. Cmok von einem Detlef Tillich, wie sich ermitteln ließ, Bilder nackter Kinder am Strand geschickt.

Leider hatte ich den Hartmanns zu viel versprochen.

Die Fotos von der sichergestellten Speicherkarte waren offensichtlich auch auf dem internen Speicher der

Kamera, mit der Tillich entkam. Jedenfalls an Dr. Cmok hatte er die Bilder bereits weitergeschickt.

Die auf der Speicherkarte sichergestellten Fingerabdrücke stimmten mit denen Tillichs überein.

§

Dr. Holger Cmok wurde antragsgemäß wegen Besitzes kinder- und jugendpornographischer Inhalte gemäß § 184 b und c des Strafgesetzbuches zu einer Freiheitsstrafe von einem Jahr und sechs Monaten unter Strafaussetzung zur Bewährung rechtskräftig verurteilt. Die Bewährungszeit wurde auf drei Jahre festgelegt. Ihm wurde auferlegt, sich in eine Therapie zu begeben. Überdies hat er einen Geldbetrag von zehntausend Euro in monatlichen Raten zu je fünfhundert Euro an den Deutschen Kinderschutzbund zu zahlen.

Die Approbation wurde ihm entzogen.

Wenig später stand das Haus mit Seeblick zum Verkauf.

Detlef Tillich wurde wegen Besitzes und Verbreitung kinderpornographischer Inhalte aufgrund einschlägiger Vorstrafen rechtskräftig zu einer Freiheitsstrafe von zwei Jahren und drei Monaten verurteilt. Die Haft hat er bereits angetreten.

Hasan Yilmaz wurde wegen Diebstahls in zwei Fällen, Unterschlagung und Computerbetruges in drei Fällen zu einer Gesamtgeldstrafe von einhundertfünfzig Tagessätzen verurteilt. Die zu Unrecht erlangten Geldbeträge werden eingezogen.

§

Gerd Hartmann wird sich einen neuen Zahnarzt suchen müssen.

ANGELIKA

Angelika Bertram kam gerade aus ihrer kurzen Mittagspause zurück, als beim Betreten ihres schmalen Büros das neue VoIP-Telefon klingelte. Angelika Bertram war Mitte vierzig, wirkte aber mit ihren mittelblonden kurzen Haaren, der etwas bieder erscheinenden Brille mit dem silbrigen Rand und ihrem beigefarbenen Rock bestimmt zehn Jahre älter. Sie griff mit einem weit ausgestreckten Arm über den Monitor hinweg zu ihrem Headset und nahm das Gespräch an. „Fachdienst Soziale Hilfen, Bertram, guten Tag. Wie kann ich Ihnen helfen?"

„Die Polizei?", dachte sie laut. Was hatte sie mit der Polizei zu tun? Eine Anzeige? Gegen sie?

„Was für ein Kinderwagen?" „... bedroht...?" „... niemals."

Adenike Umar aus Nigeria hatte sie angezeigt. Angelika Bertram soll Frau Umar beleidigt und bedroht haben. Außerdem soll sie der schwangeren Frau Umar einen Kinderwagen als Teil der Grundausstattung für geduldete Asylbewerber zur anstehenden Geburt ihres Kindes verweigert haben.

Langsam kam die Erinnerung zurück. Sie hatte Frau Umar sehr wohl einen Kinderwagen angeboten, nur gefiel der werdenden Mutter nicht, dass es sich um ein bereits gebrauchtes Modell handelte. Jetzt erinnerte sie sich auch, dass der Wagen sehr gut erhalten, ja nahezu neuwertig war. Dunkelblau mir einem umlaufenden, aufgesetzten hellbraunen Streifen. Sie hatte Bilder davon gesehen. Irgendwie schick, aber eben nicht neu. Von Frau Umar wurde sie in ihrem Büro beschimpft, dann wurde mit der Polizei gedroht.

„Darauf habe ich sie gebeten, entweder den guten gebrauchten Kinderwagen anzunehmen oder mein Büro zu verlassen. Ich hatte auch noch andere Dinge zu tun", erklärte sie am Telefon.

Damit war die Sache erledigt.

Angelika Bertram arbeitete beim Fachdienst Soziale Hilfen der Stadt. Dort war sie zuständig für Leistungen nach dem Asylbewerberleistungsgesetz für einen Teil der allein in diesem Monat landesweit knapp siebenhundert Asylbewerber. Neben der Steuerung der Grundleistungen für Ernährung, Unterkunft, Heizung, Kleidung, Gesundheitspflege sowie Gebrauchs- und Verbrauchs-güter des Haushalts zählte zu ihren Aufgaben auch die monatliche Auszahlung der sogenannten Leistungen zur Deckung der persönlichen Bedürfnisse des täglichen Lebens. Für Alleinstehende liegt dieser Betrag bei einhundertzweiundachtzig Euro im Monat. Darüber hinaus hatte sie über besondere Leistungen bei Krankheit, Schwangerschaft oder Geburt zu entscheiden, wie zum Beispiel eben auch über die Beschaffung eines Kinderwagens.

In einem anderen Fall war sie von einem Antragsteller in ihrem Büro sogar angegriffen worden. Ein Familienvater aus dem Irak wollte einen Zuschuss für die Schulaufwendungen für seinen Sohn ausgezahlt bekommen. Die Familie war im System gespeichert, und Angelika Bertram erkannte schnell, dass bereits im Juli der volle Betrag von einhundertfünfzig Euro ausgezahlt worden ist. Die Verständigung mit dem Mann war wieder etwas schwierig, aber es reichte, um zu verstehen, dass er auf die Auszahlung bestand. Sie hatte noch einmal versucht, ihm zu erklären, dass er zunächst einhundert Euro für das erste Schulhalbjahr bekommen hatte, und sie ihm ausnahmsweise aufgrund seines Drängens auch noch den Betrag von fünfzig Euro für das zweite Halbjahr ausgezahlt hatte. Das hätte er auch quittiert.

Nachdem sie ihn schließlich verabschiedet und sich anderer Arbeit zugewandt hatte, wischte er laut gestikulierend und schimpfend Unterlagen von ihrem Schreibtisch, ergriff einen Brieföffner und baute sich, noch bevor sie die Tastenkombination für den Büronotruf auslösen konnte, mit dem Brieföffner in seiner erhobenen Faust vor ihr auf. Ihr schlug das Herz bis zum Hals, erinnerte sie sich. Die Hände schweißnass, hatte sie schnell nun doch noch die Tastenkombination eingetippt und rollte dann mit ihrem Stuhl zurück an die Wand, um einen möglichst großen Abstand herzustellen. Wie hatte sie nur so unvorsichtig sein können, so einen gefährlichen Gegenstand auf dem Schreibtisch herumliegen zu lassen. Das Seminar *Umgang mit schwierigem Publikum* lag doch noch gar nicht so lange zurück.

Nach einem kurzen Augenblick, in dem sich keiner von beiden bewegte, sie sich nur in die Augen sahen, warf er aus der Drehung mit dem Brieföffner nach ihr und verschwand auf den Flur, wo er sich an den herbeieilenden, etwas hilflos wirkenden Kollegen vorbei drängte.

Angelika Bertram wurde nur oberflächlich am rechten Oberarm verletzt. Seitdem hat sie aber immer ein komisches Gefühl, wenn fremde Männer ihr Büro betreten. Immer häufiger fragte sie sich, ob das alles noch das Richtige für sie war. Aber was sollte sie sonst machen?

Den Brieföffner verwahrt sie jetzt jedenfalls immer in der Schublade.

Ihre Teamleiterin, Sabine Muthesius, stellte im Namen der Behörde Strafantrag.

Später erhielt das Amt einen Bescheid der Staatsanwaltschaft, wonach das Verfahren wegen unbekannten Aufenthalts des Beschuldigten vorläufig eingestellt worden ist.

§

Als Alleinerziehende eines vierzehnjährigen Sohnes verdiente Angelika zu viel, um selbst Hilfen zum Lebensunterhalt beantragen zu können, aber auch zu wenig, um sorglos davon leben zu können. Dafür war die Miete einfach zu hoch. Sie wollte ihrem Sohn schließlich ein schönes Zuhause mit einem vernünftigen eigenen Zimmer bieten, in das er auch seine Freunde einladen konnte. Dann waren da noch die Raten für das Auto, Heizung, Strom, Internet, und schließlich die Schulden, die noch aus der Zeit ihrer Ehe stammten. Ihr Sohn Mirko sollte nichts davon mitbekommen, dass es manchmal etwas knapp war mit dem Geld. Aus seinen teuren Fußballschuhen wuchs er schneller heraus als Holstein Kiel die nächste Heimniederlage kassierte. Dann noch der Gitarrenunterricht... Vielleicht hat er dafür neben Schule und Fußball ja bald keine Zeit mehr.

Die Urlaubsreisen von früher konnten sie sich auch nicht mehr leisten. Selbst ein Ferienhaus in Dänemark ist in den Schulferien richtig teuer geworden.

Seit dem Vorfall mit dem irakischen Familienvater, der immer noch verschwunden zu sein schien, wurde Angelika noch mehrfach beleidigt und bedroht, sowohl am Telefon als auch in ihrem Büro. Natürlich wurden auch diese Fälle zur Anzeige gebracht, andere wiederum nicht, weil sie die Worte nicht verstand, mit denen sie angeschrien wurde.

§

Ich lernte Angelika Bertram als Zeugin vor Gericht kennen. Es ging dabei um ihre Arbeit beim Fachdienst und speziell die Auszahlung der Leistungen.

Gegen den Eritreer Asmerom Tamrat Surafel hatte ich den Erlass eines Strafbefehls beantragt. Nachdem er fristgerecht Einspruch eingelegt hat, wurde Hauptverhandlungstermin anberaumt.

Inzwischen habe ich übrigens auch verstanden, dass sich männliche Namen in Eritrea aus dem eigenen Vornamen an erster Stelle, dem Vornamen des Vaters an zweiter Stelle als zweiter Vorname und dem Vornamen des Großvaters an dritter Stelle als Nachname zusammensetzen. Wenn es nur zwei Namen gibt, gilt der Vorname des Vaters als Nachname.

Die Auszahlungen der monatlichen Leistungen wurden beim Fachdienst unterschiedlich, in bar oder per Bankscheck vorgenommen, hatte Bertram bereits gegenüber der Polizei ausgesagt. Asmerom Tamrat Surafel jedenfalls erhielt die Novemberzahlung für sich, seine Ehefrau und die beiden Kinder als Scheck.

Ich warf ihm vor, beim Fachdienst Anfang November wahrheitswidrig angegeben zu haben, einen Scheck nicht bekommen, nach erneuter Auszahlung des Betrages den Scheck eingelöst und sich auf diese Weise in Höhe von 590,00 Euro zu Unrecht bereichert zu haben. Auf Vorhalt, den Erhalt des Schecks quittiert zu haben, bestritt er vehement, dass es sich um seine Unterschrift handelte. Tatsächlich war die Unterschrift auf der Quittung der im System hinterlegten zwar ähnlich, mit dieser aber nicht identisch.

Da mir die Einholung eines graphologischen Gutachtens nicht verhältnismäßig erschien, und Gericht und Staatsanwaltschaft hinterher vermutlich auch nicht viel schlauer wären, stimmte ich der Verfahrenseinstellung zu. Zudem behält die Behörde bereits Teilbeträge zur Tilgung der Überzahlung ein.

Bei Angelika Bertram wirkte die Verhandlung während der Heimfahrt in ihrem silbernen Honda Jazz noch nach. Surafel war mit einer Einstellung wegen Geringfügigkeit davongekommen. War das so einfach? Vielleicht könnte sie auch .... Nein, ermahnte sie sich. Sie war anders. Sie stand auf der richtigen Seite des Gesetzes. Das würde sie nicht machen. Sie war anständig, hatte sich noch nie etwas zu Schulden kommen lassen, außer auf der Straße mal ein paar Km/h zu viel. Obwohl, wer sollte schon davon erfahren?

Sie brauchte ja auch noch neue Reifen. Eigentlich dürfte sie mit dem bisschen Profil wohl sowieso schon nicht mehr fahren. Und die Waschmaschine hatte letzte Woche auch schon Aussetzer. Ist ja nun auch schon elf Jahre alt. Wenn sie nur einmal …, oder vielleicht zweimal, dann wären das die Reifen …

Zu Hause kam Mirko gerade vom Gitarrenunterricht, stellte das gute Stück in den Ständer, stopfte im Flur schnell ein Handtuch, ein Trikot und ein paar Power-Riegel in die noch fast volle schwarz-weiß-gestreifte Sporttasche und verabschiedete sich schon wieder mit „Tschau, Mom!" Kaum hatte er die Wohnungstür hinter sich zugezogen, klappte Angelika ihren Laptop auf dem Wohnzimmertisch auf und gab *Nachnamen Eritrea* in die Suchmaschine ein. *nachnamen.net – Nachnamen aus Eritrea – Die häufigsten eritreischen Nachnamen* wurde ihr an erster Stelle vorgeschlagen. Angelika öffnete die Seite und fand

„1. Ali

2. Haile

3. Ahmed

…"

Sie scrollte noch ein Stück weiter nach unten und entschied sich für „Tekeste". Auf gleiche Weise suchte sie nach männlichen Vornamen aus Eritrea. Von ihrer Arbeit wusste sie, dass die Männer dort meistens zwei Vornamen haben. Sie fand „Luam" und „Tafari" irgendwie passend. Nun noch ein Geburtsdatum ... 01.05.1998. Sie öffnete nun noch Google-maps und gab *Eritrea* ein. Sie fand die Hauptstadt Asmara im Landesinneren, die sah recht groß aus. Richtig: 963.000 Einwohner im Jahr 2020. Heute bestimmt eine Million, oder vielleicht auch nicht, wenn die alle auswandern, dachte sie für einen Moment. Fertig war ihr neuer Leistungsempfänger:

Luam Tafari Tekeste, geboren am 01.05.1998 in Asmara

Für Tekeste allein gäbe es einhundert-zweiundachtzig Euro im Monat. Wie lange wollte sie das eigentlich machen, überlegte sie. Vielleicht nur einmal? Mal sehen. Für die Reifen bräuchte sie auf jeden Fall noch jemanden. Seine Familie? Besser nicht, Familie könnte vielleicht irgendwie Probleme geben. Einzelpersonen sind unauffälliger.

Was tat sie hier eigentlich? Angelika lehnte sich auf dem Sofa zurück, atmete tief aus, massierte sich mit einer Hand den Nacken und blickte zur Decke als würde sie dort eine Antwort finden. Dann klappte sie den Laptop zu, ging in die Küche und brühte sich einen Kräutertee auf.

Nachdem sie mit ihrem Teebecher in der Hand ein paar Minuten einfach nur aus dem Fenster gesehen hatte, setzte sie sich auf das Sofa, klappte den Laptop wieder auf und tippte *Nachnamen Afghanistan.*

Schnell hatte sie einen weiteren neuen Leistungsempfänger:

Rafi Jaliel Khudaidad, geboren am 01.01.1999 in Herat

Mit dreihundertvierundsechzig Euro mehr im Monat könnte sie schon etwas anfangen, auch wenn die Reifen erst einmal bezahlt sind. Und das Land gibt so viel Geld für Flüchtlinge aus, rechtfertigte sie sich selbst, da käme es auf die paar Euro doch gar nicht an. Sie notierte die Daten auf einem kleinen Zettel, schloss das Suchfenster und löschte in ihrem Laptop den Suchverlauf. Sicher ist sicher.

§

Angelikas Honda Jazz hatte inzwischen neue Reifen. Es ist ganz einfach gewesen. Sie brauchte nur die Datensätze anzulegen, das Datum der ersten Einreise in die Bundesrepublik und eine Anschrift einzugeben. Für die Bewohner der Landesunterkunft war sie nicht zuständig. Die Fälle wurden dort vor Ort bearbeitet, so dass sie ihr bekannte Straßen und Wohnblöcke auswählte. Schon konnte sie sich die ersten Geldbeträge auszahlen.

Für die Osterferien hatte sie für sich und Mirko ein Viersternehotel in Cala d'Or gebucht. Bis dahin würde sie auf jeden Fall noch weitermachen. Madeira wollte sie auch schon immer einmal sehen.

Im nächsten Monat legte Angelika noch zwei weitere Datensätze an, Amira Musa und Hamila Fares. Es war so einfach. Das machte für sie über siebenhundert Euro im Monat, was ein ordentlicher Betrag war. Angelika beschloss, es dabei zu belassen, keine weiteren Antragsteller mehr zu erfinden. Die vier aber könnte sie noch eine Zeit lang laufen lassen.

Angelika hatte inzwischen eine neue Waschmaschine. Dieses Mal hatte sie sich für ein Markengerät entschieden. Mirko bekam ein neues Fahrrad, obwohl er gar nicht Geburtstag hatte. Das alte war schon recht klapprig. Sie hatte es damals ja auch schon gebraucht gekauft. Ihrem Sohn hat sie erzählt, sie hätte eine Gehaltserhöhung bekommen. Sich selbst gönnte sie ein paar neue Kleidungsstücke. Das hatte sie auch schon länger nicht gemacht, meistens nur, wenn die Sachen kaputt oder ausgeleiert waren.

Nach fünf Monaten hatte Angelika Bertram ein monatliches Zusatzeinkommen von knapp dreitausend Euro. Es ging der kleinen Familie sehr gut damit. Sie fuhr inzwischen einen Golf. Einen Großteil des Geldes legte sie für später zurück. Freunde und Familie hatten sie dennoch scherzhaft gefragt, ob sie im Lotto gewonnen hätte. Denen erklärte sie ihren plötzlichen Wohlstand, wie auch Mirko zuvor, mit einer ordentlichen Gehaltserhöhung. Außerdem seien ihr die Restschulden erlassen worden, nachdem sie und ihr Ex sich mit den Gläubigern verglichen hätten. Damit gaben die sich dann auch zufrieden, und Angelika musste sich nicht mehr rechtfertigen, bis zu diesem schicksalhaften Tag Ende August.

§

Sabine Muthesius erfuhr von Angelikas Kollegen Dirk Steinbach von der Unstimmigkeit. Steinbach war im System aufgefallen, dass unter der Anschrift eines der ihm zugewiesenen Leistungs-empfänger, Anas Suleiman, auch eine Hamila Fares wohnhaft sein soll. In diesem Fall wäre die Höhe der Leistungen neu zu berechnen. Eine Anfrage beim Ausländerzentralregister ergab keine Hinweise auf Hamila Fares. Suleiman gab in seiner Anhörung in holprigem Deutsch an, eine Hamila Fares nicht zu kennen. Sabine Muthesius führte daraufhin eine stichprobenartige Überprüfung des Profils ihrer Mitarbeiterin Angelika Bertram durch und stieß dabei auf Rafi Jaliel Khudaidad, der der Ausländerbehörde ebenfalls nicht bekannt ist.

Zum ersten Termin bei ihrer Teamleiterin hatte Angelika sich krankgemeldet, aber schließlich erkannte sie, sich dem Unausweichlichen stellen zu müssen. Unter Tränen räumte Angelika ihre Taten im Beisein einer Vertreterin des Personalrats im Büro ihrer Teamleiterin ein. Sie wurde mit sofortiger Wirkung vom Dienst freigestellt.

§

Ich erhob Anklage gegen wegen des Vorwurfs der Untreue in Tateinheit mit Fälschung beweis-erheblicher Daten.

Vier Monate später wurde Angelika Bertram zu einer Freiheitsstrafe von einem Jahr und sechs Monaten unter Strafaussetzung zu Bewährung für drei Jahre verurteilt. Die Einziehung des Wertes des durch die Tat Erlangten in Höhe von 17.836 Euro wurde angeordnet.

Angelika Bertram wurde fristlos aus dem öffentlichen Dienst entlassen.

§

Über das Internet lernte sie ein halbes Jahr später Dietrich Konopka kennen, der in Santa Ponsa die nicht sonderlich gut laufende Bar *El Knoppi* betrieb.

Es dauerte nicht lange, bis *Knoppi* seine Kneipe in *Angies Bar* umbenannte.

§

Mirko blieb bei seinen Großeltern in Deutschland. Vielleicht würde er später nachkommen.

Zum Gitarrenunterricht geht er nicht mehr.

FRIEDHELM

Von den beiden Angeklagten war weit und breit noch nichts zu sehen. Auch Richterin Ellen Schönemann ließ noch auf sich warten, aber das war nichts Besonderes. Sie war viel beschäftigt und schaffte es wegen dringender Telefonate häufig nicht rechtzeitig zum Termin, jedenfalls, wenn man ihren Entschuldigungen folgen wollte. Tatsächlich waren alle Richter und Staatsanwälte mehr als ausgelastet. Die meisten von ihnen schafften es dennoch, ihre Termine einzuhalten. Ellen Schönemann aber pflegte ihren Auftritt im Gerichtssaal, ließ die Verfahrensbeteiligten gerne ein paar Minuten warten. Man konnte denken, sie mochte es, wenn sich Angeklagte, Verteidiger, die Staatsanwaltschaft, ihre Protokollkraft und die sogenannte interessierte Öffentlichkeit erhoben, wenn sie den Saal in ihrer offen getragenen Robe und einem Aktenstapel unter dem Arm, betrat und die Anwesenden noch auf dem Weg zum Richtertisch aufforderte, doch bitte Platz zu nehmen, um keine Zeit zu verlieren. Wer sie kannte, wusste, dass sie trotz des äußeren Scheins –

sie war eine attraktive Frau in den Vierzigern, die mit ihrer sportlichen Kurzhaarfrisur, Entschlossenheit ausstrahlte - nicht von persönlicher Eitelkeit getrieben war. Vielmehr ging es ihr um den Respekt gegenüber dem Richteramt. Viel zu häufig fehlte es daran. Wie oft erschienen Angeklagte mit fragwürdig bedruckten T-Shirts, die mindestens deutlich jenseits der Grenze des guten Geschmacks einzustufen waren, und Zeuginnen mit derart wenig Stoff am Körper, dass man seine Teenager-Tochter am Samstagabend so nicht aus dem Haus gelassen hätte, soweit man darauf überhaupt einen Einfluss hatte. Wie oft mussten Angeklagte erinnert werden, nicht dazwischenzureden, wenn das Gericht sprach oder Zeugen vernommen wurden. Wie oft mussten Schülergruppen ermahnt werden, nicht herumzualbern und ihre Handys auszuschalten.

Als ich um 09:10 Uhr noch immer allein im Saal vor den bereits auf meinem Tisch ausgebreiteten Akten saß, bereit, den beiden Angeklagten noch einmal vorzuhalten, was Ihnen vorgeworfen wird, so wie das Gesetz es vorschreibt, wurde mir langsam klar, dass die Nachricht über eine Terminverlegung auf dem Geschäftsweg wieder irgendwo hängengeblieben sein muss. Ich würde gleich unverhofft Gelegenheit haben, meinen Schreibtisch ein wenig auf Vordermann zu bringen. In diesem Moment schoben sich die mir wohl bekannten drei Zentner geballte Strafverteidigung durch die Tür. Eine Begrüßung hielt Rechtsanwalt Hellwig offensichtlich für überflüssig. „Was die Staatsanwaltschaft sich dabei gedacht hat …! In fünf Minuten ist das Verfahren beendet", witzelte er mit einem aufgesetzten breiten Grinsen, bevor überhaupt irgendetwas passiert war. Er gefiel sich offenbar wieder sehr in seiner Rolle und höhnte weiter „ich frage mich, ob Referendar-Anklagen bei der Staatsanwaltschaft nicht mehr kontrolliert werden. Denn das kann ja nur ein Referendar gemacht haben. Wobei, zu meiner Zeit wäre man nach sowas nicht zum zweiten Staatsexamen zugelassen worden."

„Ist ihr Mandant den auch da?", fragte ich, ohne auf seine Provokation einzugehen, ungeachtet, dass die Anklageschrift ohnehin nicht aus meiner Feder stammte.

„Natürlich ist der da, er hat ja eine Ladung bekommen. Mein Mandant ist ein anständiger Bürger. Wenn der eine Ladung bekommt, dann erscheint er auch. - Auch wenn das Hauptverfahren gar nicht hätte eröffnet werden dürften. Wahrscheinlich hat Frau Schönemann das auch nur unterschrieben und gar nicht geprüft. Sonst hätte sie das der Staatsanwaltschaft um die Ohren gehauen." *Anständig*, dachte ich mir. Wie anständig kann jemand wohl sein, der zweiunddreißig Eintragungen im Bundeszentralregister hat. Soviel zur Einstimmung auf die heutige Verhandlung.

Richterin Schönemann betrat den Saal zusammen mit den beiden Angeklagten, die vor der Tür gewartet hatten und dem zweiten Verteidiger, Rechtsanwalt Taubert. „Das wird ja eine schnelle Nummer", war auch der überzeugt. Zeugen waren jedenfalls keine geladen.

Richterin Schönemann stellte die Anwesenheit der beiden Angeklagten, Bernd Suhr und Cornelia Suhr, und die ordnungsgemäße Eröffnung des Hauptverfahrens fest. Zu den persönlichen und wirtschaftlichen Verhältnissen der Angeklagten würde man später kommen. Dem gerichtserfahrenen Bernd Suhr und der bei Gericht weniger bekannten Cornelia Suhr erklärte sie den Ablauf des Verfahrens, als Hellwig ihr auch schon ins Wort fiel. „Also, so geht das nicht. Scheinbar haben Staatsanwaltschaft und Gericht sich verabredet, alle strafprozessualen Vorgaben zu ignorieren. Ich beanstande die Verlesung der Anklageschrift. Alles was in der Anklage steht, ist frei erfunden. Es gibt keinerlei Beweismittel."

„Wie das hier zu laufen hat, entscheide immer noch ich", behauptete sich Schönemann. „Und ich bitte um Mäßigung, Herr Hellwig."

„Frau Vorsitzende, der einzige Zeuge, der meinen Mandanten wegen irgendwelcher Taten, die er angeblich begangen haben soll, belastet, ist tot. – Ende!"

„Das Gleiche gilt für meine Mandantin", schloss Taubert sich an.

Ich machte den Job nun schon einige Zeit und hatte eigentlich überhaupt keine Lust mehr auf diese Machtspielchen. „Herr Verteidiger, wie Sie wissen, falls Sie die Akte aufmerksam gelesen haben, hat der Zeuge vor seinem Tod umfassend ausgesagt."

Richterin Schönemann nickte zustimmend in meine Richtung. „Vielleicht können wir das auch gemäß der Strafprozessordnung aufklären. Ich bitte die

Staatsanwaltschaft nun um Verlesung der Anklageschrift.“

Nein, die beiden hatten Friedhelm Kalinka nicht umgebracht. Dann wären sie der Strafkammer des Landgerichts aus der Untersuchungshaft vorgeführt worden. Mit seinem Tod hatten sie nichts zu tun. Jedenfalls gab es dafür keine Anhaltspunkte. Ihnen wurde aber vorgeworfen, den 82-Jährigen gemeinschaftlich durch Betrug und Urkundenfälschung um seine Ersparnisse gebracht zu haben. Insgesamt sollen sie knapp 70.000 € von seinem Konto abgeräumt haben. Beide machten von ihrem Schweigerecht Gebrauch. Weit würden wir heute also nicht kommen.

Hellwig hatte sich offenbar fest vorgenommen, die Sache heute im Sinne seines Mandanten zu beenden und erklärte großzügig, der Angeklagte wäre, ausschließlich um sich selbst und allen Beteiligten weitere Termine zu ersparen, mit einer Verfahrenseinstellung nach § 153 Absatz 2 der Strafprozessordnung einverstanden und würde auf einen Freispruch verzichten. „Artikel 6 EMRK“ warf Hellwig in den Raum. Richterin Schönemann verdrehte die Augen in Richtung Decke, in der Ahnung, was in diesem Verfahren noch auf sie zukommen könne. Auch sie hatte schon einige Male mit Hellwig verhandelt. Die Europäische Menschen-rechtskonvention bemühte man vor einem deutschen Amtsgericht eher selten, auch wenn das Recht auf ein faires Verfahren nach Artikel 6 als Grundsatz über allem stand. Für die Praxis hielt man sich an die Strafprozessordnung. „Artikel 6 EMRK“ wiederholte

Hellwig voller freudiger Erwartung einer Reaktion von Seiten des Gerichts und der Staatsanwaltschaft und zog auffordernd seine Augenbrauen nach oben. „Ja und…?" hörte ich mich sagen und hatte damit Richterin Schönemann auf meiner Seite. „Ja Herr Hellwig, den Artikel kenne ich auch, aber was wollen Sie uns damit sagen?", fragte sie monoton.

Ich zitiere Absatz 3 d: „Jede angeklagte Person hat mindestens folgende Rechte: Fragen an Belastungszeugen zu stellen oder stellen zu lassen."

Hauptbelastungszeuge, genau genommen der einzige unmittelbare Belastungszeuge, war Friedhelm Kalinka, und der lebte bekanntermaßen nicht mehr. Demzufolge konnten die Angeklagten auch keine Fragen mehr an ihn richten. Hellwig sah Widersprüche in dessen schriftlicher Aussage, die er dem Zeugen gerne vorgehalten hätte. Ich musste derweil an eine Szene aus dem Film *Das Leben des Brian* denken. – *Ich möchte, dass ihr mich ab heute Loretta nennt. Ich möchte eine Frau sein, und ich möchte Kinder bekommen"*, erklärte darin ein männliches Mitglied der Judäischen Volksfront, das *Loretta* genannt werden wollte. Nachdem ein Grüppchen der Judäischen Volksfront festgestellt hatte, dass *Loretta* keine Kinder bekommen kann, einigte man sich darauf, dass „*sie"* zumindest das Recht hätte, Kinder zu bekommen. Ich fand, ähnlich verhielt es sich auch hier. Bernd und Cornelia Suhr hatten auch das Recht, Friedhelm Kalinka zu befragen. Nur wäre das nach dessen Ableben faktisch leider nicht mehr möglich. Aber diesen Vergleich behielt ich lieber für mich. Währenddessen bearbeitete Hellwig weiter sein Terrain. „Warum gab es keine richterliche Vernehmung? Die Staatsanwaltschaft hätte einen 82-jährigen Belastungszeugen richterlich vernehmen lassen müssen. Die Verteidigung hätte dann ein Recht gehabt, dabei zu sein, und ich hätte so einige Fragen an den Zeugen gehabt."

„Und aus welchem Grund, Herr Verteidiger, meinen Sie, die Staatsanwaltschaft hätte eine richterliche Vernehmung durchführen lassen *müssen*?", fragte ich zurück.

„Naja, bei dem Alter…?"

„Was ist bitte bei dem Alter?"

„Ja, bei dem Alter besteht doch, wie wir sehen, das Risiko, dass der Zeuge in der Hauptverhandlung nicht mehr zur Verfügung steht."

„Würde das auch für Sie gelten?"

„Entschuldigen Sie, Herr Staatsanwalt, ich bin achtundvierzig!"

„Also nicht? Ab welchem Alter besteht denn nach Ihrer Ansicht das Risiko eines kurzfristigen Ablebens?"

Nun wirkte Hellwig irritiert. „So ab siebzig, würde ich sagen."

„So, das würden Sie also sagen? Und woher bitte nehmen Sie diese Erkenntnis? Und seit wann bitte, Herr

Verteidiger, ist *würde ich sagen* eine juristische Kategorie?"

„Meine Herren", mischte sich nun Richterin Schönemann ein, die dem Geplänkel auf dem Richterstuhl zurückgelehnt zugehört hatte, „ich glaube, das führt jetzt zu nichts, auch wenn ich der Staatsanwaltschaft zustimmen muss. Eine richterliche Vernehmung hat es jedenfalls nicht gegeben, und damit müssen und werden wir jetzt umgehen."

Für diesen Fall, und das wusste auch Hellwig, sah die Strafprozessordnung vor, dass ein Protokoll über die Vernehmung des verstorbenen Zeugen zu Beweiszwecken verlesen werden durfte. Das sollte in einem Fortsetzungstermin passieren, zu dem auch der vernehmende Polizeibeamte geladen werden sollte.

Hellwig und Taubert hatten, was sie vorläufig wollten, nämlich dass heute nichts passierte, packten ihre Sachen zusammen und verließen den Saal, gefolgt von Bernd und Cornelia Suhr, die wie zwei müde Alpakas hinter ihnen her schlurften.

„Herr Meder, mal ehrlich, das führt doch zu nichts", flüsterte Ellen Schönemann mir zu, während sie den Saal abschloss. „Wir haben nur das Vernehmungsprotokoll. Das läuft auf einen Freispruch hinaus. Und nicht zuletzt gibt es bislang auch niemanden, der irgendein Interesse an dem Verfahren hat. Die getrenntlebende Ehefrau und die Tochter haben scheinbar gar kein Interesse an dem Erbe."

„Doch, ich. Ich habe ein Interesse an dem Verfahren. Und richtig, wir *haben* das Vernehmungsprotokoll. Es kann doch nicht sein, dass die Angeklagten damit durchkommen, sich das Vertrauen eines offenbar arglosen, alleinstehenden Rentners erschlichen und dessen Vermögen an sich gebracht zu haben. – Falls die Taten nachgewiesen werden natürlich."

„Ja, natürlich. Na gut, dann werden wir sehen …"

§

Friedhelm Kalinka hatte sich schon Jahre zuvor von seiner Frau getrennt oder sie von ihm. Das wusste man nicht. Jedenfalls hatte er in seinem Mehrfamilienwohnhaus im zweiten Obergeschoss links allein in einer Dreizimmerwohnung gelebt. Bernd und Cornelia Suhr lebten in demselben Haus im Erdgeschoss. Zunächst hatte Bernd Suhr in einem geringfügigen Beschäftigungsverhältnis kleine Hausmeisterarbeiten im Haus und im Bereich der Außenanlagen durchgeführt. Später erledigte er auch kleine Arbeiten in Kalinkas Wohnung. Mal tauschte er nur eine Lampe aus, mal montierte er ein neues Bett und mal strich er die Küche neu. Als Kalinka nicht mehr gut zu Fuß war, kauften die Suhrs auch für ihn ein. Dafür überließ Kalinka ihnen seine EC-Karte, die sie ihm anschließend wieder zurückgaben. Kalinka hatte ein gutes Auskommen aus seiner Rente und den Mieteinnahmen aus seinem Mehrfamilienwohnhaus. Er brauchte sich über finanzielle Angelegenheiten daher keine Gedanken zu machen. Vielleicht hat er sich auch aus diesem Grund nicht um seine Bankkonten gekümmert. Er ließ der Dinge einfach ihren Lauf. Zuerst hob Bernd Suhr an einem Einkaufstag am Geldautomaten einmal fünfzig Euro von Kalinkas Konto ab. Nach ein paar Tagen waren es einhundert Euro. Bernd und Cornelia Suhr konnten das Geld als Frührentner sicherlich gut gebrauchen. Sie wussten auch, dass Kalinka zu seiner getrenntlebenden Ehefrau und zu seiner Tochter schon seit Jahren keinen Kontakt mehr hatte. Warum sollten sie dann nicht ein wenig von dessen Geld abbekommen. Schließlich kümmerten sie sich auch um ihn, und er konnte damit doch ohnehin nichts mehr anfangen. Nach ein paar Wochen war ihnen klar, dass die Geldabhebungen unentdeckt bleiben würden. Warum sollte man sich dann mit einhundert Euro begnügen? Bernd Suhr wusste, wo Friedhelm Kalinka seine EC-Karte aufbewahrte. Die PIN kannte er ja bereits. Nun nahm er die Karte gelegentlich auch an sich, wenn er Kalinka die Zeitung von unten mitbrachte und einen Kaffee mit ihm trank. Meistens gab er die Karte direkt an Cornelia Suhr weiter, die dann sofort das Geld besorgte, damit die Karte schnell wieder zurückgelegt werden konnte. Mehr als fünfhundert Euro hoben sie aber nicht ab. Etwa ein halbes Jahr später reichte Bernd Suhr auch die eine oder andere Überweisung Kalinkas bei der Bank ein. Zuhause hatte er vorher die Überweisungsträger kopiert.

Bei einer späteren Durchsuchung der Wohnung Suhr fand die Kriminalpolizei in einer Schublade einen Stapel mit *F.Kalinka* unterschriebenen Blanko-Überweisungsträgern und die Fotokopie eines Orginals.

§

Genau eine Woche nach dem Auftakt versammelten wir uns erneut in gleicher Besetzung in Saal 4 des Amtsgerichts. Nur wartete vor der Tür dieses Mal auch Kriminalhauptkommissar Schwarz, der als Zeuge geladen war. Die Angeklagten wollten immer noch schweigen. Daher wurden zunächst Videoprints verschiedener Geldautomatenkameras in Augenschein genommen, die eindeutig den Angeklagten Bernd Suhr und in einigen Fällen auch die Cornelia Suhr zeigten, wie sie sich an dem Konto des inzwischen Verstorbenen bedienten. „Ja und …", polterte Hellwig. „Das wird ja überhaupt nicht bestritten, dass mein Mandant für Kalinka Geld abgehoben hat."

„Genau wie meine Mandantin", schloss Taubert sich wieder an.

Richterin Schönemann streckte die rechte Hand auffordernd in Richtung der beiden Verteidiger aus. „Dann frage ich direkt mal, wofür das Geld bestimmt war."

„Dazu werden keine Angaben gemacht", antworteten beide im Chor. „Woher sollen die Angeklagten denn auch wissen, was der alte Herr mit seinem Geld gemacht hat", schob Hellwig nach.

„Nun gut, dann kommen wir als nächstes zur Verlesung des Protokolls über die polizeiliche Vernehmung des Zeugen Friedhelm Kalinka gemäß § 251 Absatz 1 Nummer 3 der Strafprozessordnung", kündigte Richterin Schönemann an und begann sogleich mit der Verlesung. Friedhelm Kalinka schilderte darin zunächst sein Verhältnis zu den Angeklagten, wie sie sich kennengelernt hatten, wie die Eheleute Suhr ihn in kleinen Dingen des Alltags unterstützt hatten und wie er ihnen dafür im Gegenzug den einen oder anderen Geldschein zugesteckt hatte. Immer wieder betonte er das große Maß der Enttäuschung über den Vertrauensbruch. Kriminalhauptkommissar Schwarz hatte in dem Bericht an mehreren Stellen kommentiert, dass der Zeuge um Fassung rang, dass ihm die Stimme brach und er augenscheinlich den Tränen nahe war. Zu keiner Zeit, und das war das Entscheidende, hätte Kalinka den Angeklagten gestattet, mit seiner EC-Karte Abhebungen von seinem Konto zu tätigen. Und auf keinen Fall hätte er Überweisungen in Höhe von insgesamt knapp fünfzigtausend Euro auf das Konto des Bernd Suhr veranlasst.

„Ich widerspreche noch einmal der Verwertung des Vernehmungsprotokolls", betonte Hellwig erneut, und ich dachte mir wieder einmal, Verteidiger sind unabdingbarer Bestandteil unserer Rechtsordnung und das ist auch gut so. Aber ich sitze lieber auf der Anklageseite. Warum jemand gerne Strafverteidiger wurde, war für mich ähnlich rätselhaft wie die Idee, Proktologe zu werden. Dabei, wenn man darüber nachdachte, hatten die beiden Berufe sogar Gemeinsamkeiten. Beide hatten Einblicke, die andere Menschen gar nicht haben wollten, und beide waren zufrieden, wenn sie nichts fanden.

Kriminalhauptkommissar Schwarz bestätigte, das zuvor Verlesene sei so von ihm protokolliert worden. Die Betrugstaten seien durch eine aufmerksame Bankangestellte, die sich über die hohen Überweisungssummen gewundert habe, aufgedeckt worden. Auf Nachfrage gab Schwarz an, der Zeuge Kalinka habe auf ihn glaubhaft gewirkt. – Zeit für ein Rechtsgespräch zwischen Gericht, Verteidigern und Staatsanwaltschaft, sprach ich meinen Gedanken aus. „Ja, das halte ich auch für sinnvoll", schloss Richterin Schönemann sich an.

Mit dem Kommentar „wir können uns immer gerne auf einen Freispruch verständigen", machte Hellwig deutlich, dass er nicht an einer Verständigung auf einen Strafrahmen interessiert war und richtete seine Verteidigungsstrategie neu aus. „Ich bezweifele, dass der 82-jährige Friedhelm Kalinka überhaupt noch wusste, wem er was versprochen oder gestattet hatte. Der Zeuge Kriminalhauptkommissar Schwarz hat hier angegeben, dass er den Zeugen Kalinka nur schwer verstehen konnte und mehrfach nachfragen musste."

„Weil der Zeuge ein Hörproblem hatte, was Ihnen auch bekannt sein sollte, Herr Verteidiger", bekam Hellwig von mir zu hören.

Am Ende des zweiten Verhandlungstages beantragten die Verteidiger die Vernehmung des Bankfilialleiters, der Friedhelm Kalinka aufgrund der verdächtigen Überweisungen zu Hause aufgesucht und befragt hatte. Rechtsanwalt Taubert hatte herausgefunden, dass für Kalinka für einen kurzen Zeitraum einmal eine rechtliche Betreuung eingerichtet war, so dass auch die Betreuerin zu dessen geistiger Verfassung zu hören sei.

§

Dieses Mal konnten alle Beteiligten es einrichten, die Verhandlung nur zwei Tage später fortzusetzen, und Richterin Schönemann hoffte, die Sache nun zu einem Ende bringen zu können. „Bevor wir zur Vernehmung des Zeugen Spiller kommen, möchte ich noch die bei den Angeklagten aufgefundenen Überweisungsträger als

Beweismittel in die Hauptverhandlung einführen. Es werden also in Augenschein genommen die Asservate 1.1 und 1.2. Das ist zum einen die Kopie eines Überweisungsträgers, ausgestellt von Friedhelm Kalinka und zum anderen fünf Blanko-Überweisungsträger mit der möglicherweise nachgezeichneten Unterschrift des Friedhelm Kalinka. Der graphologische Sachverständige konnte dazu keine eindeutigen Aussagen treffen."

„Die Blanko-Überweisungsträger hat Friedhelm Kalinka ausgestellt", warf Hellwig erwartungsgemäß ein, ohne dass ihm das Wort erteilt wurde.

„Das ist ja schön, dass Sie das wissen, Herr Verteidiger. Für den Gutachter ist das alles andere als klar", antwortete ihm Richterin Schönemann und rief den Zeugen Andreas Spiller auf.

Andreas Spiller sagte aus, wie er es bereits gegenüber der Polizei getan hatte. Ihm sei als Filialleiter von seiner Mitarbeiterin der Verdacht des Betruges mitgeteilt worden. Die Überweisung habe er eingefroren, bis die Sache geklärt wäre. In dem Zuge habe er aber festgestellt, dass es zuvor bereits zu Überweisungen in fünfstelliger Höhe gekommen war. Warum das in seinem Haus nicht hinterfragt wurde könne er nicht sagen, man habe aber eine Überprüfung der Sicherheitsstandards eingeleitet. Dann habe er Friedhelm Kalinka in seiner Wohnung aufgesucht. Die Verständigung sei schwierig gewesen, da der Verstorbene ein sehr schwaches Hörvermögen gehabt habe. Kalinka habe aber bestätigt, dass er weder die

Bargeldabhebungen noch die Überweisungen autorisiert habe. Auf Frage des Gerichts sagte Spiller aus, Friedhelm Kalinka habe auf ihn einen ganz normalen Eindruck gemacht, mit Ausnahme der Schwerhörigkeit. „Der wusste genau, was Sache ist" bekräftigte Spiller.

Auch die Zeugin Anke Bruselius, die für ein halbes Jahr als rechtliche Betreuerin Kalinkas eingesetzt war, bestätigte dessen gute geistige Verfassung. Die Betreuung war in erster Linie wegen eines Haushaltsunfalls, in deren Folge Friedhelm Kalinka nach kurzem Krankenhausaufenthalt für vier Wochen in der Kurzzeitpflege untergebracht war und seine Dinge nicht mehr vollständig allein regeln konnte, eingerichtet worden. Geistig sei er aber zu jeder Zeit voll orientiert gewesen.

„Haben Sie da nicht etwas vergessen?" wollte Hellwig von der Zeugin wissen.

„Ich kann nur sagen, dass Herr Kalinka nicht immer sehr freundlich zu den Pflegerinnen war."

„Können das auch genauer sagen?"

„Er soll sich in der Kurzzeitpflege ein paar Mal über das Essen beschwert haben. In dem Zusammenhang soll er eine Mitarbeiterin auch als *dumme Polenschlampe* betitelt haben."

„Und sonst fällt Ihnen nichts mehr ein?"

„Ich weiß nicht, da müssen Sie schon konkreter werden."

„Ich sage nur Unterhosen."

„Ach das. Ja, da gab es ein paar Unstimmigkeiten mit Herrn Kalinka."

„Unstimmigkeiten? Dann sagen Sie doch, dass er seine vollgeschissenen Unterhosen einfach in seinen Schrank geworfen hat" schrie Hellwig mit unnötiger Theatralik die verunsicherte Zeugin an. „Und das nicht nur einmal."

„Ja, mir wurde berichtet, dass das vorgekommen sein soll."

Anke Bruselius wurde als Zeugin entlassen, nachdem alle Fragen beantwortet waren.

„Würden *Sie* Ihre vollgeschissenen Unterhosen in den Kleiderschrank werfen, Frau Vorsitzende?", wollte Hellwig wissen.

„Also ehrlich, Herr Hellwig, ich fordere Sie auf, bei der Sache zu bleiben und sich zu mäßigen."

„Ich glaube, das würden Sie nicht. Daran sieht man doch ganz deutlich, dass Friedhelm Kalinka nicht mehr ganz klar im Kopf war. Deshalb hat er auch vergessen, dass er meinem Mandanten die Abhebungen gestattet hat."

„Und was ist mit den Überweisungen?"

„Auch die waren autorisiert, als Entlohnung für geleistete Dienste."

„Barzahlungen an die Angeklagten hat es jedenfalls zu keinem Zeitpunkt gegeben", meldete sich nun auch Taubert mal wieder zu Wort.

„Ich beantrage die Vernehmung des Personals der Seniorenwohnanlage Birkenhain, wo der Zeuge Kalinka sein letztes Jahr verbrachte, zum Beweis der Tatsache, dass er geistig verwirrt war", versuchte Hellwig erneut, dessen schriftliche Aussage zu entkräften.

Richterin Schönemann atmete tief aus und blickte zu mir herüber. „Herr Staatsanwalt?"

„Ich beantrage, den Antrag zurückzuweisen. Die Mitarbeiter und Mitarbeiterinnen der Seniorenwohnanlage sind nicht in der Lage, Aussagen zum geistigen Zustand des Friedhelm Kalinka in der Zeit zwei Jahre vor dessen Aufenthalt dort zu treffen."

„Die Hauptverhandlung wird unterbrochen. Neuer Termin heute in einer Woche. Es werden die Pflegekräfte als Zeugen geladen."

§

Die beiden Verteidiger, Hellwig und Taubert, versuchten weiterhin, die geistige Verfassung und somit die schriftliche Aussage des Verstorbenen insgesamt in Zweifel zu ziehen. Ich war nach wie vor überzeugt, dass die Angeklagten die ihnen vorgeworfenen Taten begangen haben. Gleichzeitig aber hatte mein Bild von dem bedauernswerten alten Mann im Laufe des Verfahrens ein paar Kratzer bekommen, auch wenn sich durch dessen Verhalten rechtlich nichts änderte. Aus schwarz und weiß wurden dennoch wieder einmal Schattierungen von grau.

Am vierten Verhandlungstag wurde zuerst die Zeugin Agneta Sabczek aufgerufen. Wie auch alle anderen Zeugen zuvor hatte sie keine Zweifel an der geistigen Gesundheit Kalinkas, bevor sie ihren Blick unsicher von Richterin Schönemann zu den Verteidigern mit den Angeklagten, dann in meine Richtung und schließlich wieder geradeaus lenkte. „Und da war da noch etwas. Ich weiß nicht, ob das hierher gehört …"

„Erzählen Sie ruhig. Wir werden dann sehen …", ermutigte sie die Vorsitzende.

„Herr Kalinka hat sehr oft den Notruf betätigt. Alle Bewohner haben da so einen Knopf. Und wenn dann eine Pflegerin zu ihm kam – wir haben überwiegend weibliches Personal, und das wusste Herr Kalinka auch – dann saß er ohne Hose, also ich meine auch ohne Unterhose auf seinem Stuhl und sagte, er brauche Hilfe beim Toilettengang. Das stimmte natürlich nicht. Das konnte er noch ganz gut alleine. Er hat dann auch versucht, die Frauen festzuhalten, wenn sie wieder gingen. Wir haben, wenn es ging, dann nur noch Männer zu ihm gelassen."

Nachdem nun, trotz des mitunter zweifelhaften Verhaltens Kalinkas, endlich auch die Verteidigung einsehen musste, dass die These, Friedhelm Kalinka hätte schlicht vergessen, den beiden Angeklagten die Abhebungen und Überweisungen erlaubt zu haben, nicht mehr zu halten war, gab sich Rechtsanwalt Hellwig immer noch nicht geschlagen. „Dann ist es eben so gewesen, dass Kalinka gegenüber der Polizei bewusst falsche Angaben gemacht hat, um meinem Mandanten zu schaden."

Erwartungsgemäß schloss sich auch wieder Taubert an. „Das gilt natürlich genauso für meine Mandantin." *Cheerio Miss Sophie, the same procedure als every year,* kommentierte meine innere Stimme. „Meine Herren Verteidiger, Sie sollten sich schon einmal entscheiden, ob Friedhelm Kalinka geistig verwirrt und extrem vergesslich oder raffiniert und berechnend war", sprach ich aber aus.

„Das können Sie dann ja in Ihrem Plädoyer vortragen", wandte sich Richterin Schönemann an die beiden Verteidiger.

Es wurden zwei weitere Zeugen vernommen, bevor Bernd Suhr sich mit den Worten „Ich möchte eine Aussage machen" erhob, nachdem er offensichtlich erkannt hatte, dass es nicht auf einen Freispruch hinauslaufen würde. „Friedhelm Kalinka hat sich auch meiner Frau und mir gegenüber nicht gerade freundlich verhalten. Ich war für ihn ein *Taugenichts.* Über Cornelia sagte er, sie habe früher *für Geld die Beine breitgemacht*, obwohl das so nicht stimmt. Trotzdem haben wir ihm im Alltag geholfen. Er hatte ja sonst niemanden. Er hat uns auch immer versprochen, sich dafür erkenntlich zu zeigen. Gegeben hat er uns aber nie etwas. Dann haben wir uns halt genommen, was uns zusteht. So war das."

Taubert flüsterte mit der Angeklagten Cornelia Suhr und erklärte dann „meine Mandantin schließt sich dem an und möchte auch noch eine Erklärung abgeben."

„Wir brauchten das Geld für Jacqueline. Das ist meine Tochter aus meiner ersten Ehe. Jacqueline ist an Long-Covid erkrankt und wurde dadurch arbeitsunfähig. Vor einem Jahr hatte ihr Mann Maik einen tödlichen Unfall, ist von einem Baugerüst gestürzt. Weil er keinen Helm trug, hat die Versicherung nichts bezahlt. Und dann der Umbau im Haus, das war für Jacqueline alles nicht zu schaffen."

§

Wie konnte nun an angemessenes Urteil lauten? Für mich galt es, das Gericht von meiner Entscheidung zu überzeugen. Doch wie lautete meine Entscheidung? Dass Friedhelm Kalinka offenbar nicht der liebe alte Mann war, spielte für die Rechtsfindung keine Rolle. Kategorien wie Sympathie oder Abneigung waren hier nicht relevant. Wohl aber die Beweggründe, die die Angeklagten zur Tat veranlasst haben. Eine Rechtfertigung gab es nicht, aber von einer nicht selbst verschuldeten Notlage und dem Gedanken, helfen zu wollen, durfte man wohl ausgehen. Nur, warum trugen sie das erst jetzt vor? Warum erst nach fünf Verhandlungstagen? Hätten die Angeklagten sich direkt zum Beginn der Hauptverhandlung geständig eingelassen, wäre das ein deutlicher Strafmilderungsgrund. Aber so? Vielleicht hätten Bernd und Cornelia Suhr ohne ihre Verteidiger gleich am ersten Tag ausgesagt. Aber durften sie dafür bestraft werden, dass sie sich die falschen Verteidiger ausgesucht haben?

Das Gericht folgte mit einer Freiheitsstrafe von einem Jahr und sechs Monaten für Bernd Suhr aufgrund seiner Vorstrafen meinem Antrag. Cornelia Suhr kam mit einem Jahr Freiheitsstrafe, ausgesetzt zur Bewährung, davon.

NADJA

„Schatz, Du musst hier echt mal raus, nach all dem Mist mit Ronny."

Ich weiß nicht. Jetzt ist er ja weg, und ich will mit ihm auch nichts mehr zu tun haben."

„Aber dann kannst Du mal wieder auf andere Gedanken kommen. Lass es Dir einfach mal ein bisschen gut gehen", riet ihr ihre beste Freundin Hanna. „A propos *gut gehen,* ich bestelle uns noch einen Latte Macciato. Auf meine Rechnung natürlich."

„Was hältst Du von einem Wochenende in Berlin?", fragte Hanna auf dem Weg zum Tresen mit einem Blick zurück über die Schulter. In ihrem Lieblingscafé gehörte die Ausgabe am Tresen ebenso zur Unternehmensphilosophie wie die reduzierte Einrichtung mit Betonboden, grob verputzten Wänden, Stühlen und Sofas, die vermutlich aus Haushaltsauflösungen stammten, und fragwürdigen Kunstobjekten an den Wänden. Sicherlich konnte man seinen Cappuccino woanders auch günstiger bekommen, aber man kam halt hierher, auch wegen der Leute.

„Das ist lieb. Vielleicht hast Du Recht. Aber wer kümmert sich um Emely?", sprach sie ihre Gedanken aus, während Hanna die dickwandigen Schalen auf der als Tisch dienenden alten, wackeligen Obstkiste ausbalancierte und sich wieder setzte. „Und auch finanziell ist es bei mir im Moment, naja …"

„Deine Mutter! Die ist doch verrückt nach der Kleinen. Oder ist zwischen Euch immer noch Funkstille? Und wegen der Kosten, wir finden schon was Günstiges. Muss ja nicht das Adlon sein."

„Meine Mutter und ich reden wieder miteinander, und sie hat nun auch verstanden, dass ich mit der Sache nichts zu tun hatte. Sie hatte sich halt nur Sorgen um Emily gemacht. Und da hat sie ja auch irgendwie Recht. Ständig diese komischen Typen in der Wohnung. Und was wäre gewesen, wenn Emily das Zeug gefunden hätte. Und dann am Schluss mitten in der Nacht die ganzen Polizisten in der Wohnung."

Dass es mit Ronnys Festnahme noch nicht wirklich beendet war, hatte sie niemandem erzählt, nicht einmal ihrer Freundin Hanna und schon gar nicht ihrer Mutter.

§

Die beiden jungen Frauen hatten eine günstige Unterkunft in der Nähe des Alexanderplatzes gefunden. Emily war für ein paar Tage bei ihrer Oma. Für die Lage und den günstigen Preis mussten sie mit einem kleinen Zimmer und Doppelstockbetten Vorlieb nehmen. Das Frühstücksbuffet sollte aber sehr gut sein, und auch die Nutzung des SPA-Bereichs war im Preis enthalten. Hanna musste ihre Freundin nicht lange überreden, die drei Tage in Berlin mit einem Saunanachmittag zu beginnen. Später würde man sich in das Nachtleben stürzen.

Nach einem günstigen aber guten Essen in einem kleinen vietnamesischen Ecklokal zog es die beiden in eine bereits gut besuchte Cocktailbar in Berlin-Mitte. Hanna in ihrem lindgrünen Etuikleid mit brombeerfarbener Jacke, und Nadja im sandfarbenen Jumpsuit mit verwaschener Jeansjacke fügten sich gut in die Szenerie ein. Man hätte die beiden Frauen mit etwa der gleichen schlanken Figur auch gut für Schwestern halten können. Nur hatte Hanna ihre glatten schwarzen Haare zu einem Pferdeschwanz gebunden und Nadja trug ihre schulterlangen blonden Haare offen. Aber die Haarfarbe konnte schließlich auch gewechselt werden. Sie hatten die letzten freien Barhocker ergattern können und ihre Gläser bereits fast geleert als ein etwa Mitte-30-Jähriger mit schwarzen Haaren und einem akkurat gestutzten Vollbart zwei volle Gläser vor Ihnen auf den Tresen stellte. Er hatte bei der Barkeeperin „*dasselbe nochmal*" bestellt und mit einem leichten Kopfnicken angedeutet, was er meinte, einen Dark Russian für die Dunkelhaarige und einen Lillet Berry für die Blonde. Er selbst hatte einen Gin Tonic.

„Hallo, schöne Frauen. Ganz allein unterwegs?"

Hanna roch an seinem Glas. „Ich dachte, Ihr trinkt gar keinen Alkohol."

„Erwischt. Aber bei so schönen Frauen mache ich mal eine Ausnahme. Ich bin übrigens Bilal."

Nach einem weiteren Drink gingen sie weiter zu dem *„krassesten Club Berlins"*, wie Bilal versicherte. Vor dem Eingang hatte sich bereits eine lange Schlange gebildet. Bilal winkte von weitem dem kahlköpfigen Türsteher zu. „Die Ladies gehören zu mir", erklärte er und wurde mit seinen Gästen an der Schlange vorbeigeführt. Die nächsten drei Stunden vergingen wie im Flug.

Hanna hatte für den Rest der Nacht das kleine Zimmer mit Doppelstockbetten für sich allein. Nadja verbrachte die Nacht mit Bilal in dessen großzügigen Hotelzimmer. Am nächsten Tag zeigte Bilal ihr Berlin, und Nadja genoss die Stadtrundfahrt in dem blauen BMW M8 Coupé. In so einem Auto hatte sie zuvor noch nie gesessen. Der pure Luxus.

Bei einem Cappuccino in der Nähe des Alexanderplatzes bat Bilal Nadja dann um einen Gefallen. Er hatte jemandem aus seiner Familie im Libanon ein neues Iphone versprochen. Da er aber arbeitslos sei, könne er keinen Handyvertrag abschließen. Er würde Nadja hinterher alle Kosten erstatten.

„Arbeitslos?", fragte Nadja und sah mit hochgezogenen Augenbrauen in Richtung des vor dem Café im Halteverbot geparkten M8.

„ Achso, der gehört meinem Bruder."

Im O2-Shop um die Ecke legte Nadja ihren Personalausweis vor und machte alle erforderlichen Angaben. Das Iphone 16 pro steckte Bilal ein. Dann durfte Nadja auch einmal hinter das Lenkrad des M8. Bilal filmte sie dabei mit ihrem Handy. Nur wenige Minuten später hatte er Nadja zu einer Shishabar dirigiert, wo er das Iphone abgab. Sein Cousin würde sich um den Versand an die Familie zu Hause kümmern.

Am Nachmittag schloss Nadja einen weiteren Handyvertrag ab. Es gab wieder ein Iphone 16 pro, das Bilal dieses Mal an einer Hinterhofadresse in Neukölln abgab. Den Handyvertrag zerriss er.

§

Wieder zurück aus Berlin musste Nadja feststellen, dass Bilal immer noch kein Geld überwiesen hat. Nachdem er auf ihre whatsapp-Anfragen zunächst nicht reagiert hatte, bat er sie schließlich, noch einen letzten Vertrag abzuschließen. Eine weitere Cousine im

Libanon soll nun auch noch ein Handy bekommen. Sobald Nadja das Handy an die Sishabar geschickt habe, würde sein Onkel ihre gesamten Kosten aus den Verträgen mit einem Aufschlag von fünfundzwanzig Prozent für ihren Aufwand begleichen.

Nadja schloss also einen dritten Vertrag ab und versandte das Handy absprachegemäß nach Berlin. Dass das alles keinen Sinn ergab, daran dachte Nadja nicht. Sie wollte nur endlich das Geld bekommen.

Als sie zwei Wochen später immer noch keinen Geldeingang feststellen konnte, schrieb sie Bilal über whatsapp

„Wo bleibt mein Geld? Ich gebe dir noch bis morgen Zeit."

„Sonst was ..."

„Das wirst du dann schon sehen. Letzte Verwarnung."

„Du drohst mir? Weißt du überhaupt, wer ich bin? Meiner Familie gehört die Stadt."

„Ich will einfach nur mein Geld, dann ist alles gut."

„Lass mich in Ruhe, du Fotze. Und verpiss dich jetzt aus meinem Leben. Ab morgen habe ich sowieso eine neue Nummer."

171

4 Wochen später

Es dauerte wieder einmal eine Ewigkeit. Mein Rechner war immer noch mit dem Hochfahren und Laden der erforderlichen Programme beschäftigt. Ich verschaffte mir in der Zwischenzeit einen Überblick über die heutigen Akteneingänge. Besonders eilbedürftige Verfahren waren wie üblich auch dabei. Man erkennt diese Verfahren bei der Staatsanwaltschaft, jedenfalls noch für die nächsten Monate, bevor das Papier endlich durch die elektronische Akte abgelöst wird, ohne ein Wort gelesen zu haben, an dem roten Aktenumschlag. Zwei Beschwerden gegen meine Entscheidungen, zwei kriminalpolizeiliche Durch-suchungsanfragen, ein Widerspruch gegen eine erfolgte Beschlagnahme. Über die Beschwerden wird meine vorgesetzte Dienststelle zu entscheiden haben. Für Durchsuchungsanträge der Staatsanwaltschaft ist das örtliche Amtsgericht zuständig. Nicht immer ist das Auffinden von Beweismaterial wahrscheinlich, so dass auch die Verhältnismäßigkeit zu prüfen ist. Immerhin handelt es sich um einen nicht unerheblichen Grundrechtseingriff. ‑ In der Mitte meines Monitors drehte sich immer noch der kleine blaue Kreis, was mich daran erinnerte, dass gestern Abend ein System-Update geladen wurde. Danach war es immer erstmal holprig. Die Drehung stoppte und der Kreis verschwand schließlich. Es konnte endlich losgehen, dachte ich. Der Bildschirm wurde schwarz. Neustart, und wieder forderte der blaue Kreis mit jeder Drehung meine

Geduld heraus. Aufgrund meiner spontanen Unmutsäußerung hätte ich das zaghafte Klopfen an meiner Bürotür beinahe überhört. Von Tina war ich ein selbstbewussteres Klopfen gewohnt, von den anderen Kolleginnen auch. Bei Lara ging das regelmäßig noch mit einem lockeren Spruch einher. Vorsichtig schob sich ein Kopf durch den Türspalt. Ein junges Gesicht mit gleichmäßigen Zügen, soweit ich das erkennen konnte, einem leicht südlichen Teint, eingerahmt von schulterlangen, glatten schwarzen Haaren. „Guten Morgen! Herr Meder?"

Die Praktikantin! Die hatte ich total vergessen. Wie war noch gleich ihr Name? Irgendwas Türkisches, Ceylan, Cihan Korkmaz, ···? Genau rechtzeitig hatte sich nun endlich mein Kalender geöffnet und der Eintrag *Ayla Coşkun* mich gerettet. „Guten Morgen, Frau Coşkun. Kommen Sie rein. Herzlich willkommen bei der Staatsanwaltschaft. Nehmen Sie doch bitte Platz. Kaffee? „Nein Danke, ich trinke keinen Kaffee."

„Tee?"

„Ich trinke auch keinen Tee. Ist schon okay, ich möchte auch nichts. Aber danke. "

„Gut." Ich nahm meinen *„Es kommt darauf an"* - Kaffeebecher, mit dem mir ein früherer Praktikant für die Zeit gedankt hatte, und schenkte mir etwas von dem schwarzen Wachmacher ein. „Zu allererst, wir duzen uns hier eigentlich alle. In ein paar Jahren sind wir vielleicht auch Kollegen. Also, wenn du einverstanden bist, ich bin Carl." „Oh, ja. Ayla."

„Gut, Ayla. Dann sprechen wir mal darüber, wie wir das Praktikum gestalten und wie Du möglichst viel davon profitierst. Und eines noch vorab, wenn du irgendwelche Fragen hast, dann immer raus damit. Jederzeit."

Ayla war Jura-Studentin im vierten Semester. Sie hatte sich nicht über die Verwaltung um einen Praktikumsplatz beworben, sondern mich direkt angerufen. Als Abiturientin hatte sie sich schon für das Strafrecht interessiert und mich als Zuschauerin in einer Hauptverhandlung angesprochen. Ich erinnerte mich wieder, dass sie dort jedenfalls sehr viele Fragen hatte.

Nachdem ich Ayla einen kurzen Vortrag über die Aufgaben der Staatsanwaltschaft gehalten und ihr von der Klaviatur der Strafprozessordnung, auf der wir spielen, vorgeschwärmt hatte, besprachen wir den Ablauf des Praktikums. Als Jura-Studentin im dritten Semester wusste sie noch nicht viel mehr über das Strafrecht als jeder Schulabgänger. Rechtlich konnte ich von ihr also noch nicht viel erwarten. Aber letztendlich hatte sie sich selbst für ein freiwilliges Praktikum zu diesem Zeitpunkt entschieden. Nachdem die Formalitäten geklärt waren, gab ich ihr zum Einstieg ein paar Akten, die ich selbst noch nicht kannte, sogenannte Neueingänge.

§

„Ich bin damit soweit erstmal durch", sagte Ayla als sie mit einem Stapel Akten nach der Zeit, die sie dafür benötigte, wieder in mein Büro kam. „Und, was haben wir heute denn so?", wollte ich von ihr wissen.

„Und dann ist da noch diese Diebstahlsache", sagte Ayla, nachdem sie zuvor überwiegend über Verkehrssachen berichtet hatte. „Die Beschuldigte soll 13.000 € von ihrem Chef geklaut haben. Das war vor etwa vier Wochen."

„Und weiter …?" „Also, er ist selbständiger Handelsvertreter für Fenster und Türen. Sie, also die Beschuldigte Karabulut, ist bei ihm in Teilzeit als Bürokraft beschäftigt. Irgendwann fehlte dann das Geld, und er meint, das kann nur sie gewesen sein."

„Gibt es weitere Mitarbeiter oder Zeugen, die etwas dazu sagen können?" „Nee, soweit ich sehe nicht. Da waren nur er, also der Anzeigende Bloch und die Beschuldigte. Das Büro ist in seinem Wohnhaus unten, und er wohnt oben. Da hatte er wohl auch die Brieftasche. Andere Leute gab es da nicht. Außer die Putzfrau, die einmal in der Woche kommt. Aber die kennt er schon seit zwanzig Jahren. Die würde das nicht machen, sagt er."

„Wo genau soll die Brieftasche weggekommen sein?" „Moment …". Ayla blätterte in der Akte und wurde schnell fündig. „Oben im Schlafzimmer, im Kleiderschrank. Da kam man aus dem Büro direkt hin. Das war alles nicht verschlossen."

„Und was sagt Karabulut dazu?" „Die streitet das komplett ab. Sie sagt sie arbeitet seit drei Jahren da und hatte immer ein tolles Verhältnis zu ihrem Chef. Sowas würde sie niemals tun. Das hätte sie auch nicht nötig. Und dann hat sie noch gesagt, sie sei schockiert, dass ihr sowas vorgeworfen wird. Und dann ist da noch so ein Vermerk von dem Polizisten, der sie vernommen hat."

„Und der schreibt was?" „Ich kann ja mal vorlesen: *Die Beschuldigte Nadja Karabulut machte während der Vernehmung einen aufgelösten Eindruck. Immer wieder war sie den Tränen nahe oder weinte auch, so dass ich ihr anbot, die Vernehmung zu unterbrechen. Die Angaben der Beschuldigten, mit dem Diebstahl nichts zu tun zu haben, wirkten auf mich absolut glaubhaft.*

Szellak, POK

Ich gab *Karabulut, Nadja, geb. 12. April 1995* ins System ein. Keine Einträge, weder Vorstrafen noch weitere Verfahren. „Hm, was meinst du, Ayla?" „Ich weiß nicht. Eigentlich kann ja nur sie das gewesen sein."

„Oder vielleicht doch irgendein anderer. Bloch hat doch auch angegeben, auf der Terrasse im Vogelhaus einen Haustürschlüssel versteckt zu haben", erinnerte ich Ayla. „Oder die Geschichte stimmt überhaupt nicht. Wer weiß das schon. Hört sich für mich ein bisschen nach Aussage-gegen-Aussage-Konstellation an."

„Aber Herr Meder – ich mein' Carl, warum sollte Bloch das behaupten?" „Das kann ich auch nicht sagen.

Ich habe hier schon so viele komische Sachen erlebt. Am Ende müssen wir ihr die Tat oder besser den hinreichenden Tatverdacht, wie ich vorhin erklärt habe, nachweisen."

Bloch gehörte, wie ich feststellte auch nicht zu denen, die regelmäßig ihre Mitmenschen einer Straftat verdächtigten. Genaugenommen gab es auch über ihn nicht einen Eintrag. „Soll sie jetzt also damit davonkommen", wollte Ayla wissen.

„Wir machen das so. Ich lade Bloch nochmal vor und höre mir seine Geschichte persönlich an. Du kannst ja mal gucken, ob du in den Sozialen Netzwerken etwas über Nadjas Lebensstil herausfindest. Das hat natürlich, wenn überhaupt, nur wenig Beweiswert. Vielleicht finden wir aber auch was Interessantes."

§

„Ich weiß ehrlich gesagt gar nicht, was ich hier soll", beklagte sich Steffen Bloch, nachdem er in meinem Büro Platz genommen hatte. „Ich habe das doch alles schon bei der Polizei erzählt und habe jetzt eigentlich gar keine Lust mehr dazu."

„Nun, Sie haben Anzeige erstattet und ich habe da noch ein paar Nachfragen. - Ich gehe davon aus, dass Sie nichts gegen die Anwesenheit meiner studentischen Praktikantin, Frau Coşcun haben. Beschreiben Sie doch bitte erstmal Ihr Verhältnis zu Frau Karabulut."

„Verhältnis?", fragte Bloch und rutsche ungeduldig auf seinem Stuhl hin und her. „Gar keins mehr. Ich musste ihr natürlich kündigen."

„Und davor?" „Davor war alles super. Die war top. Eine bessere Mitarbeiterin konnte man sich nicht wünschen. Nadja war immer da, super zuverlässig. Ich habe sogar einer anderen Mitarbeiterin gekündigt, um Nadja nach ihrer Elternzeit wieder einzustellen."

„Und sonst, auf der persönlichen Ebene?" „Sie meinen, ob ich was mit ihr hatte? Quatsch, ich bin zwanzig Jahre älter."

„Dann erzählen Sie mir bitte noch einmal, woher genau der konkrete Verdacht kommt."

„Das ist ganz einfach. Nadja hatte einen Schlüssel und wusste, dass ich oben immer ein paar Scheine hatte. Sie hat öfter mitbekommen, dass ich kurz nach oben ins Schlafzimmer ging, die Schlafzimmertür öffnete, die Schranktür öffnete – klappklapp – und mit dem Geld wieder ins Büro kam."

Bloch berichtete weiter, dass Nadja Karabulut vorher nie in seinen Privaträumen gewesen sei. Von dem Schlüsselversteck auf der Terrasse habe außer ihm und Karabulut niemand etwas gewusst. Außerdem hätte sie ihn in der letzten Zeit auch zweimal um einen Gehaltsvorschuss gebeten, weil es bei ihr finanziell gerade nicht so gut aussehe. Das habe er dann auch gemacht.

„Und dann habe ich ja auch noch das hier", sagte Bloch, während er einen durchsichtigen Plastikbeutel aus seiner Aktentasche hervorkramte. „Meine Brieftasche!" „Die Brieftasche, ... die Ihnen entwendet wurde?", fragte ich erstaunt nach. „Genau die", antwortete Bloch.

Dann erzählte er, wie er die leere Brieftasche am Tag, nachdem er das Fehlen festgestellt hatte, vor Nadja Karabuluts Wohnhaus in einem grünen Müllcontainer gefunden hat. „Warum erst jetzt?", wollte ich wissen. „Was erst jetzt?"

Du meine Güte, was wohl. „Warum haben Sie das nicht schon bei der Polizei gesagt?", gelang es mir, sachlich zu bleiben. „Naja, ich dachte, vielleicht gibt sie mir das Geld nach der Anzeige wieder zurück und die Sache hat sich erledigt."

§

Wir hatten einen hinreichenden Tatverdacht. Ayla hatte auch etwas gefunden. „Ich habe sie bei Instagram und Facebook gefunden. Sie ist da oft mit angesagten teuren Klamotten zu sehen. Es gibt auch ein paar Bilder von Restaurantbesuchen und einem Urlaub auf Santorin. Und dann habe ich noch das hier gefunden." Ayla hielt mir ihr Tablet so hin, dass ich das Video sehen konnte. Nadja Karabulut steigt in einen BMW-Sportwagen ein und fährt damit durch den Stadtverkehr. „Das ist ein M8 Coupé. Der kostet etwa 180.000 €", erklärte Ayla. „Das habe ich gegoogelt."

„Wird wohl nicht ihrer sein", dachte ich laut. „Mal sehen. - Ayla, die Adresse Am Markt 12 liegt doch auf deinem Weg, oder?", fragte ich mit offensichtlichen Absichten. „Ja, das ist nur ein ganz kleiner Umweg. Ich fahr da nachher mal rum."

§

Ayla schrieb mir am Abend noch per whatsapp, dass der Müllsammelplatz des Mehrfamilienhauses, wie von Bloch beschrieben, etwa einmeterundachtzig hoch umzäunt, aber nicht abgeschlossen ist. Darin würden sich braune Tonnen, gelbe, blaue und graue Rollcontainer befinden, aber kein grüner Container. Auch keine grüne Tonne.

Bloch aber wollte gesehen haben, wie Karabulut, als sie aus dem Haus kam, um ihm, wie verabredet, den

Büroschlüssel zurückzugeben, etwas auf den Müll warf. Später sei ihm dann die Idee gekommen, dass sie die leere Brieftasche auch im Hausmüll entsorgt haben könnte. Daraufhin sei er zurückgefahren und habe die Brieftasche in einem grünen Rollcontainer gefunden.

§

Bis zur Hauptverhandlung hatte Ayla durch Nachfrage beim Abfallentsorger herausgefunden, dass es zur Tatzeit auf dem Müllsammelplatz des Hauses Am Markt 12 noch einen grünen Rollcontainer gegeben hat. Ihr Praktikum war inzwischen zwar beendet, aber zur Hauptverhandlung war sie noch einmal zurück-gekommen.

Nach Aufruf der Sache durch Richter Klein-Meierhoff betrat die Angeklagte zusammen mit ihrem Verteidiger Christoph Piera, der mich mit seiner Statur, Mittelscheitel und den schwarzen, seitlich vom Kopf abstehenden lockigen Haaren immer ein bisschen an den russischen Oligarchen aus dem Film 2012 erinnerte, den Saal. Nadja Karabulut war mit ihrem blauen Kostüm mit weißen Applikationen geschäftsmäßig gekleidet und hatte die blonden geglätteten Haare mit einem Haarreif aus dem Gesicht verbannt. Sie war, wie ich fand, passend geschminkt, dezent, nicht übertrieben. Ihre gesamte Erscheinung wirkte auf Anhieb sympathisch.

Konnte diese Person ihren Chef bestehlen und allen einen Bären aufbinden.

Nach Anklageverlesung und der gesetzlich vorgeschriebenen Belehrung wollte sie zum Tatvorwurf Stellung nehmen, erklärte Piera. Wieder gab sie sich schockiert über die gegen sie erhobenen Vorwürfe. Sie verstehe nicht, warum Steffen Bloch, zu dem sie immer ein gutes Verhältnis gehabt habe, so etwas behaupten könne. Wieder war sie den Tränen nahe. Auf mich wirkte das echt. Die Einschätzung von Polizeioberkommissar Szellak konnte ich nun verstehen. Ich bildete mir ein, mit den Jahren ein gutes Urteilsvermögen entwickelt zu haben, aber was wusste man schon wirklich?

Steffen Bloch war alles andere als begeistert, nun noch einmal aussagen zu müssen. „Das habe ich alles doch schon bei der Polizei *und* bei der Staatsanwaltschaft erzählt. Das steht doch alles in Ihren Akten", beschwerte er sich. „Ich kann total verstehen, dass Sie das nervt", stand Klein-Meierhoff ihm bei. „Aber hier gilt das Mündlichkeitsprinzip, so dass ich Sie leider bitten muss, noch einmal von vorne zu erzählen. Danach habe ich bestimmt noch Fragen."

Bloch berichtete also erneut von dem plötzlichen Fehlen der Brieftasche, seinem Verdacht, dem Schlüsselversteck, von der grünen Mülltonne und erstmals – das hatte er zuvor vergessen – von dem Kontrollanruf. Nadja Karabulut vermied den

Blickkontakt. Sie sah abwechselnd auf ihre auf dem Tisch gefalteten Hände und zum Richtertisch. Am Nachmittag bevor Bloch am nächsten Morgen das Fehlen feststellte, sei er noch bei einem Kunden gewesen. Nadja habe kurz zuvor Feierabend gemacht. Dann habe er sie in ihrem geparkten Auto auf dem Parkplatz am See ganz in der Nähe des Büros gesehen. Er hätte sich dann über ihren belanglosen Anruf gewundert. Es sei um irgendeine Lappalie gegangen, was genau wisse er gar nicht mehr. Auf jeden Fall sei es etwas gewesen, das man auch gelegentlich mal im Büro hätte besprechen können. „Ich werte das so", sagte Bloch, „dass sie überprüfen wollte, ob ich wirklich unterwegs zum Kunden bin und die Luft rein ist. – Am schlimmsten ist, dass ich so dermaßen von ihr enttäuscht wurde. Für mich ist das ein Vertrauensbruch."

Nadja Karabulut schüttelte leicht den Kopf und schnaubte dabei wieder in ein Taschentuch, welches Piera ihr reichte. Sie wirkte verletzt.

„Wofür war das Geld überhaupt bestimmt und wieviel war es genau", fragte Klein-Meierhoff nach.

„Genau kann ich das eigentlich gar nicht sagen. zehntausend bis zwölf- oder dreizehntausend Euro. Zehntausend aber auf jeden Fall. Und was wollten Sie noch wissen?"

„Wofür war das Geld bestimmt?"

„Ach ja, verstehen Sie, das ist so. In meiner Branche, also ich kaufe Fenster und Türen hauptsächlich in Polen und verkaufe die dann hier weiter. Die Polen wollen meistens Bargeld."

Bei dem Stichwort *Bargeld* traf sich mein Blick mit dem des Richters, der die Augenbrauen anhob und dabei vermutlich, wie auch ich, an unsere Steuerstrafabteilung dachte.

Als ich an der Reihe war, bat ich Bloch noch einmal die Situation der Schlüsselübergabe vor der Wohnung der Angeklagten nach deren Kündigung zu schildern.

„Hab' ich doch schon gesagt. Ich habe sie angerufen, dann haben wir uns verabredet, dann bin ich dahingefahren, habe im Auto gewartet. Sie ist runtergekommen und hat mir den Schlüssel gegeben."

„Konnten Sie von Ihrer Position aus die Mülltonnen sehen?" „Nein, wie denn? Die standen doch hinter einer zwei Meter hohen Wand."

„Waren Sie vorher schon mal dort?"

„Nein."

„Da sagt der Zeuge nicht die Wahrheit", mischte sich nun Piera in meine Befragung ein. „Die Umzäunung ist nur einsachtzig hoch. Ich war selbst da und habe das nachgemessen." - *Herzlichen Glückwunsch, der Kandidat hat hundert Punkte.* Ich unterließ es, mich über die Unterbrechung meiner Befragung aufzuregen - eigentlich kam ich mit Piera auch immer ganz gut aus -, und sagte stattdessen „geschenkt! Fakt ist, dass der Zeuge nicht wissen konnte, dass es dort einen grünen

Abfallcontainer gab, bevor er dort, wie er angibt, seine Brieftasche gesucht und gefunden hat. – Vielleicht hat die Verteidigung Interesse an einem Rechtsgespräch, bevor wir auf die wirtschaftlichen Verhältnisse der Angeklagten zu sprechen kommen. Es gibt Hinweise, dass die Angeklagte mit ihrem Teilzeitjob und Aufstockung möglicherweise ein wenig über ihre Verhältnisse lebte."

„Was soll das denn heißen", meldete sich nun die Angeklagte in einem höflichen, aber bestimmten Tonfall.

„Ich möchte das an dieser Stelle noch gar nicht weiter thematisieren, aber Sie gehen mit Ihrem Privatleben in den sogenannten sozialen Netzwerken schon recht offen um."

„Herr Staatsanwalt, sind das nun die neuen Ermittlungsmethoden der Staatsanwaltschaft? Instagram und Co., wirklich?", protestierte Piera pflichtgemäß.

„Wie gesagt, ich möchte das an dieser Stelle noch gar nicht zum Thema machen, aber gegebenenfalls müsste man sich im Hinblick auf eine Motivlage zu gegebener Zeit Gedanken über die Finanzierbarkeit in der einen oder anderen Hinsicht machen, bei einer – und das sage ich ausdrücklich völlig ohne Wertung – alleinerziehenden Aufstockerin."

„Frau Karabulut, bitte legen Sie das Handy weg. Und ganz ausschalten!", forderte Klein-Meierhoff die

Angeklagte auf, die sich scheinbar gerade einen Überblick über ihre vergangenen Posts verschaffen wollte. „Ich wollte nur gerade …", setzte sie zu einer Rechtfertigung an, „also ich kann das alles erklären."

Piera legte seiner zunehmend nervösen Mandantin beschwichtigend die Hand auf den Unterarm, während Klein-Meierhoff verkündete „Frau Karabulut, meine Herren, ich glaube, wir machen erstmal eine kleine Pause. Die Hauptverhandlung wird für fünfzehn Minuten unterbrochen".

„Also, ich weiß nicht so recht", sprach Klein-Meierhoff mehr zu sich selbst während Piera bereits aus dem Saal verschwand. „Irgendwie habe ich ein komisches Gefühl, wenn wir Bloch dabei helfen, das Finanzamt zu bescheißen." Das Gefühl teilte ich. Aber darauf kam es nicht an.

„Ich sehe hier überhaupt keinen Raum für eine Verständigung, Herr Staatsanwalt", legte Piera vor als ich auf dem Gerichtsflur auf ihn zutrat. „Es gibt nicht ein Beweismittel."

„Dafür aber stark belastende Indizien. Auch haben wir noch die Brieftasche, die immer noch kriminaltechnisch untersucht werden kann. Die hat seit dem Auffinden keiner mehr angefasst, anders als die Türen im Haus, wie ich leider einräumen muss."

„Ja bitte, dann müssen Sie das machen. Meine Mandantin hat die Brieftasche nicht angefasst. Und wenn da wider Erwarten doch ihre Fingerabdrücke drauf sein sollten, dann liegt das wahrscheinlich daran, dass sie bei Kundenbesuchen dabei war und dann auch Blochs Sachen mitnahm."

„Genau dem hat Bloch aber nachdrücklich widersprochen. – Und was ist mit dem Kontrollanruf?"

„Was für ein Kontrollanruf? Meine Mandantin hat doch erklärt, worum es in dem Telefonat ging. Das unterstreicht doch vielmehr, dass sie sich auch nach Feierabend noch für die Firma eingesetzt hat."

Ich entschied für mich, dass weiteres Ver-handeln keinen Sinn macht. „Gut, die Angeklagte ist strafrechtlich bisher unauffällig gewesen. Ich hätte mir ein mildes Urteil bei Wiedergutmachung des Schadens, vielleicht eine Verwarnung mit Strafvorbehalt, vorstellen können und gehe davon aus, dass Richter Klein-Meierhoff, den ich gut genug kenne, da mitgegangen wäre . Aber so wird es dann wohl, so oder so, auf die Berufungsinstanz hinauslaufen.

Nach Wiederaufruf erschien auf der Seite der Angeklagten zunächst nur Piera, nachdem er, wie ich vermute der Angeklagten deutlich gemacht hat, dass sie heute nicht mit einer Verfahrenseinstellung und schon gar nicht mit einem Freispruch zu rechnen hatte. Nadja Karabulut folgte ihm völlig verheult, wieder in ein Papiertaschentuch schnaubend. „Ich will, dass das ein Ende hat", schluchzte sie.

Nadja Karabulut gestand, mit der Tat etwas zu tun zu haben. Sie erzählte von der Geschichte mit Bilal in Berlin. Um den würden sich, wenn er denn zu ermitteln wäre, die Berliner Kollegen kümmern. Das Geld habe sie aber insbesondere für einen Rasul gebraucht. Der habe ihr richtig Druck gemacht. Nachdem Karabuluts Ex-Freund Ronny Scholz wegen Handels mit Drogen in nicht geringer Menge festgenommen und das Kokain in ihrer Wohnung beschlagnahmt worden war, wollte Rasul das Geld für die Drogen, die Ronny für ihn verkaufen sollte, zurück haben.

„Ständig tauchte er bei mir auf", fuhr Nadja Karabulut fort, und drohte mir und meiner Tochter Emily. Er ging sogar soweit, dass er sagte, sonst müsse ich das Geld eben anders verdienen und er hätte auch Leute, die sich darum kümmern."

„Und dann haben Sie beschlossen, die Brieftasche zu entwenden", fragte Klein-Meierhoff nach. „Nein, ich mache sowas nicht. Ich habe Rasul nur gesagt, wo der Schlüssel ist und wo er nach dem Geld suchen kann."

„Und nach dem Telefonat mit Steffen Bloch gaben Sie Rasul ein Zeichen, dass er loslegen kann", stellte Klein-Meierhoff fest, ohne dass Piera Einspruch einlegte.

„Ja", antwortete Nadja Karabulut kleinlaut. „Und von dem Geld habe ich gar nichts genommen. Im Gegenteil, ich habe noch Schulden aus Berlin, und die Posts aus dem Internet sind noch aus meiner Zeit mit Ronny. Das hat er damals alles bezahlt. Rasul hat mir danach auf dem Parkplatz gesagt, meine Schulden sind bezahlt und hat mir die leere Brieftasche hingeworfen."

§

Rasul Bogdan konnte aufgrund Nadja Karabuluts Aussage und anhand der kriminaltechnischen Untersuchung der Brieftasche überführt und wegen Drogenhandels, Erpressung und Diebstahls angeklagt werden.

Für Nadja Karabulut blieb es bei einer Verwarnung mit Strafvorbehalt wegen gemeinschaftlich begangenen Diebstahls. Auch wenn sie keinen Anteil des Geldes bekam, ging Klein-Meierhoff richtigerweise aufgrund ihres erheblichen Tatbeitrags – Tatplanung und -vorbereitung – von einer eigenen Tatherrschaft und nicht nur von Anstiftung zu einer fremden Tat aus. Von der Einziehung der zehntausend Euro wurde jedoch abgesehen, da Karabulut zu keinem Zeitpunkt Zugriff auf das Geld hatte. Dafür wird Bogdan haften müssen.

§

Nadja Karabulut holte Emily aus dem Kindergarten ab. Dann traf sie sich mit ihrer besten Freundin Hanna in ihrem Lieblingscafé und vertraute ihr endlich ihre Geschichte an, während Emily mit ihrem Eis beschäftigt war, so dass sie davon nichts mitbekam. Sie war auch noch zu jung um zu verstehen, worum es ging.

Nach Berlin wollen sie erstmal nicht mehr fahren.

3 Monate später

„Ich müsste nochmal zu einem Kunden. Heute könnte ich dich dabei gut gebrauchen."

„Geht klar, Steffen. Ich mache noch schnell die Ablage fertig, dann können wir in zehn Minuten los."

„Ist okay, ich muss auch noch kurz telefonieren und warte dann beim Auto auf dich, Nadja."

HARDY

Es gab insgesamt vier Anklagen zu verhandeln, und der Sitzungsplan deutete darauf hin, dass es eine längere Mittagspause geben dürfte, was auch für Wilma gut wäre, die ich heute ausnahmsweise auch am Gericht dabei hatte. Richter Klein-Meierhoff störte sich nicht an Wilmas Anwesenheit. Sonst wäre das auch nicht möglich gewesen. Vielmehr liebte er Hunde und kam insoweit, wie er sagte, oft etwas zu kurz, da er selbst nur noch seinen Trennungshund *Hauke* hat. Mein Auftritt mit Hund war daher auch nur bei ihm möglich. Jedenfalls konnte ich mich inzwischen darauf verlassen, dass Wilma während der Verhandlung friedlich bei meinen Füßen unter dem Tisch liegen und so den übrigen Prozessbeteiligten gar nicht auffallen würde. Und das war auch gut so, denn noch hatte ich in der Strafprozessordnung den Passus über Magya-Vizslas nicht gefunden. Vielleicht wäre sie noch als interessierte Öffentlichkeit durchgegangen?

Nach der Mittagsrunde um den Stadtsee hatten wir noch etwas Zeit für Kaffee und Wasser, Franzbrötchen und Rinderkopfhaut. Den heißen Kaffee schlürfend, rief ich die Zeitungs-App auf meinem Tablet auf, um mich auf den neuesten Stand zu bringen. Auf Seite elf blickte mir von unten rechts mein alter Crew-Kamerad Jens Brammer entgegen. Die Zeitung hatte doch erst gestern auf der Titelseite über ihn, sein Schiff und die Besatzung berichtet. Anders als ich, war Jens eingefleischter Seemann und hat sich nach zwölf Jahren bei der Marine weiterverpflichtet. Jetzt war er Kapitän zur See und Kommandant der Gorch-Fock.

Gemeinsam hatten wir damals im englischen Kanal, vierzig Meter über dem Teakdeck, um uns herum nur Dunkelheit, unter uns brausende Gischt, im Orkan die völlig zerfetzten Royal- und Bramsegel geborgen, in der Biskaya Bonitos geangelt, in Tanger zusammen die engen Gassen der Kasbah erkundet, bis wir unbeabsichtigt in eine James-Bond-Filmkulisse stolperten, und haben auf Mahé Kokosnüsse gepflückt.

Und was sollte nun dieser Artikel? Gestern bei Rückkehr des Schiffes wurde er noch gefeiert und für die erfolgreiche Auslandsausbildungsreise gelobt. Und jetzt das hier?

Wilma war mit ihrer Rinderkopfhaut, ich hatte mich nach kurzer Überlegung für das Franzbrötchen entschieden, inzwischen fertig und stupste mich am Oberschenkel an. Es war Zeit für die nächste Sache. Der Gerichtssaal wartete auf mich. Offensichtlich hatte sie den Sitzungsplan besser drauf als ich. Leider konnte ich sie nicht immer mitnehmen.

Auch der Nachmittag war erfolgreich. Erfolgreich nicht in dem Sinne, dass es zu möglichst hohen Strafen gekommen war, sondern in dem Sinne, dass die zu verhandelnden Verfahren mit einem angemessenen Ergebnis abgeschlossen werden konnten und durch allseitigen Rechtsmittelverzicht bereits rechtskräftig wurden.

Am späten Abend fand ich Gelegenheit, den Artikel weiterzulesen. Jens Brammer hatte sich nach Rückkehr der Bark leider etwas unglücklich über die acht kamerunischen Austauschkadetten an Bord geäußert, indem er vor der Kamera lächelnd sagte „Die haben auf jeden Fall Farbe in unseren Bordalltag gebracht", und dann auch noch zur Frage der Einbindung der Kadetten in die Ausbildung „hier bei uns an Bord hatten die ja überwiegend mit Tauen zu tun, das ist natürlich schon was anderes als auf einer Fregatte. Und das haben die gut gemacht." Lächelnd soll er nachgeschoben haben „Sind ja auch gut gebaut …".

Tatsächlich Grund genug, für eine Journalistin, die Gesinnungsfrage zum Thema zu machen. - Einfach absurd. Ich habe Jens als einen weltoffenen, aufgeschlossenen, sympathischen, respektvollen und humorvollen Menschen kennengelernt, der er immer noch ist. Hier sollte suggeriert werden, Jens Brammer, habe sich in rassistischer Weise einen Scherz über die

Hautfarbe der kamerunischen Austauschkadetten erlaubt und halte sie für muskulöse Idioten, die nur in der Lage sind, an Tauen zu ziehen. Für die Ausbildung auf einer Fregatte seien sie nicht geeignet. Gemeint und für jeden unvoreingenommenen Leser erkennbar war, die Ausbildung auf einem Segelschulschiff sei weniger komplex als die hochtechnisierten Abläufe auf einem modernen Kampfschiff, die Arbeit auf dem Großsegler hätten die Kadetten gut erledigt, und überdies eine Bereicherung für die Besatzung dargestellt.

Zu allem Überfluss wurde einer der ebenfalls am Einlauftag befragten Kadetten aus Douala zitiert, er und seine Kameraden seien als *Leguane* beschimpft worden, was die Journalistin dankbar aufgriff und ihren Artikel mit *Kamerunische Kadetten nicht willkommen?* überschrieb.

Leguane…, dachte ich lächelnd an mein halbes Jahr auf der Bark zurück. Wir konnten in den Wanten so schnell aufentern wie wir wollten, als vermeintlichen Ansporn bekamen wir vom Bootsmann an Deck immer mit knarziger Stimme *„ Wie die Leguane…! Ein bisschen Beeilung, Männer!"* zu hören.

Einiges blieb also doch beim Alten. Nur gab es bei uns keine Austauschkadetten.

§

Hardy Zenker drückte den Knopf für die Lautsprechanlage und sprach in das Mikrophon „bitte Kasse 3 besetzen!" Dann zog er flink die Artikel der nächsten Kundin über den Warenscanner. Er wünschte ihr noch einen schönen Tag und wandte sich der nächsten Kundin zu, während Amir-Mohammad Hosseini die Kasse 3 öffnete.

Hosseini kommt aus dem Iran, genaugenommen aus Najafabad, und nachdem er bereits vor fast einem Jahr seinen Asylantrag gestellt hat, erhielt er inzwischen auch eine Arbeitserlaubnis. Da er angab, als homosexuell im Iran verfolgt zu werden, hat er auch gute Chancen auf eine Anerkennung. Seine Deutschkenntnisse sind schon einigermaßen passabel, so dass Elif Kiliç, die Filialleiterin, ihn gerne als Aushilfskraft einstellte.

Hardy Zenker ist zweiundzwanzig Jahre alt und hat seit zwei Jahren ausgelernt. Über einen Beruf hatte er sich früher keine Gedanken gemacht, hat lieber alles erstmal auf sich zukommen lassen. Nach der Schule hatte er sich im Markt ein paar Euro verdient. Die Arbeit hat ihm ganz gut gefallen, auch wenn die Zeit nur langsam verging. Das war inzwischen anders. Mal saß er an der Kasse, mal füllte er die Regale auf und mal nahm er auch neue Ware an. Die meisten Kunden kamen regelmäßig und waren ihm schon gut bekannt. Manchmal, an der Kasse, fragte er auch „*Wie geht's?*" oder „*Heute schon so früh?*" oder so etwas. Mitunter ergab sich dann auch eine kurze Unterhaltung. Dann musste er aber auch weitermachen. Der nächste Kunde wartete schließlich schon.

Mit seiner Filialleiterin redete Hardy nicht viel, eigentlich nur, wenn sie ihm Anweisungen gab. Elif Kiliç war etwa Ende zwanzig, schlank, hatte schwarze lange Haare, die sie meistens zu einem französischen Zopf gebunden oder mit einem Stirnband aus dem Gesicht verbannt hat. Für jedermann erkennbar schminkte sie sich gerne auffällig.

Dass seine Chefin eine Türkin ist, wie Hardy immer sagte, fand er nicht gut, aber dass nun auch noch der Araber an die Kasse durfte …

§

„Und wo ist der Neue?" fragte Bernd Steinmann am Dienstagabend auf seinem Resthof in die Runde. „Hat sich bei mir abgemeldet, dem geht's nicht gut." Tatsächlich hatte Hardy seinem alten Schulfreund Heiko Eberhard kurz vor Beginn des Treffens in einer kurzen Nachricht geschrieben, er würde nicht kommen können.

Er habe schon den ganzen Tag im Markt fast kotzen müssen.

Hardy ist erst ein einziges Mal dabei gewesen. Heiko hatte ihn mitgenommen. *„Das sind gute Leute"*, hatte er gesagt. *„Die wollen was bewegen, sich nicht mehr alles gefallen lassen."* Heiko und er waren die Jüngsten, die anderen aber auch nicht viel älter, außer Steinmann, der war über dreißig. Hardy hat es dort eigentlich gefallen. Sie hatten ihn gut aufgenommen, hatten ihm alles erklärt. Treffen dienstags und donnerstags, wer wollte konnte auch an anderen Tagen kommen, einfach quatschen oder was trinken. Der Mitgliedsbeitrag war nicht hoch, und er konnte sich auch jederzeit Bier aus dem Kühlschrank nehmen. Nur wenn es einen Grillabend gab, musste man etwas extra bezahlen.

Und irgendjemand musste ja etwas tun, hatte Steinmann gesagt. Trotzdem war Hardy sich nicht sicher, ob er da mit reingezogen werden wollte. Vielleicht würde er am Donnerstag wieder hingehen, er wusste es noch nicht.

§

Am selben Abend hatte Bürgermeister Cornelius Kipping das Thema *Änderung des Ortsnamens* noch einmal auf die Tagesordnung der Gemeindevertretersitzung in dem in die Jahre gekommenen Hinterzimmer des Landgasthofs gebracht. In mehreren Sitzungen war man nicht zu einem Ergebnis gekommen. Vertreter des Mitte-Linksspektrums des Kreistages hatten die Notwendigkeit der Umbenennung des Ortes nun auch öffentlich diskutiert. „*Negernholt*" passe nicht mehr in die Zeit und sei in höchstem Maße diskriminierend. Kipping sah das genauso und versuchte, den Gemeinderat auf seine Seite zu bringen. Über die Parteigrenzen hinweg gab es zu einer Namensänderung unterschiedliche Auffassungen. Einig war sich die Opposition aber in der Vermutung, Kipping ginge es in erster Linie darum, sich mit einem neuen Ortsnamen ein Denkmal zu schaffen.

„*Negernholt*" könne vielleicht durch „*Holtdorf*" ersetzt werden, schlug eine SPD-Vertreterin vor, die auch noch einmal bekräftigte, dass das Wort „*Neger*" nichts im Namen ihres schönen Ortes zu suchen hätte.

„Das gibt's schon" kommentierte ein anderer.

„Wie wäre es dann mit *Holtsee*?"

„Gibt's auch schon. Noch nie einen Holtseer Tilsiter gegessen? Soll auch ganz schön sein. Und im Übrigen hat *Negernholt* rein gar nichts mit dem diskriminierenden N-Wort zu tun. *Negern* hat, soweit ich weiß, seinen Ursprung vielmehr im Niederdeutschen und bedeutet so viel wie *nahe bei*", erklärte einer der beiden UWN-Vertreter. „*Holt* steht für Holz oder Wald.

Der Ortsname bedeutet also *Siedlung nahe am Wald*, nichts anderes."

Die Befürworter der Namensänderung konnte er damit nicht überzeugen, es ginge schließlich auch um die Außenwirkung.

Die Abstimmung ergab fünf Stimmen für eine Änderung, vier dagegen. Es musste nur noch ein neuer Name gefunden werden.

„Nächster Punkt: Umbau der alten Schule zur Flüchtlingsunterkunft", beendete Kipping den Tagesordnungspunkt und leitete zum nächsten über.

§

Am nächsten Donnerstag war Hardy in dem umgebauten Schweinestall auf dem alten Steinmann-Hof wieder dabei.

„Negernholt bleibt Negernholt" rief Bernd Steinmann, der sich der Herkunft des Ortsnamens gar nicht bewusst war, der Versammlung mit erhobener Faust zu und bekam dafür viel Zustimmung seiner zehn bis zwölf Mitstreiter. „Und die Kanacken wollen wir hier auch nicht haben." Erneut wurde auf die alten Holztische mit Brandflecken, Bierglasrändern und eingeritzten Initialen geklopft.

„Wir müssen damit aber raus, auf die Straße" rief Heiko Eberhard zurück, und wieder wurde geklopft. Hardy fand, sie hatten Recht. Fünfzig Flüchtlinge wollte er auch nicht im Dorf haben.

Aus den anfänglichen eher leisen Stimmen gegen die Änderung des Ortsnamens wurde nach und nach ein deutlicher Protest gegen die Flüchtlingspolitik und insbesondere gegen die Unterbringung Geflüchteter in der Alten Schule. Einwohner, die anfangs dabei waren, hatten sich inzwischen zurückgezogen, andere waren dazu gekommen, so wie auch Hardy.

Am Ortseingang warben sie auf großen, in Plastikfolie verpackten Rundballen für ihr Negernholt. Es solle so bleiben, wie es ist. Mit den Flüchtlingen kämen auch Kriminalität und Dreck in ihr Dorf.

Ihr Club hatte nun auch einen Namen: Club NH14. „*NH*" stand für *Negernholt* und *14* für „fourteen words", die Parole für die inzwischen auch in Europa bekannten vierzehn Worte eines amerikanischen Rechtsterroristen: *„ we must secure the existance of our people and a future for white children. "*

Das war nicht verboten, wusste Steinbach.

§

Hardy war inzwischen ein paar Mal mit Amir, wie ihn alle nur nannten, aneinandergeraten. Wie konnte es sein, dass der die Kasse machte während er selbst Konservendosen einräumte. Einmal hat er Amirs Kassenschublade vertauscht, so dass der sie nicht öffnen konnte und noch einmal zurück ins Büro musste, während sich an der Kasse eine lange Schlange bildete. Dann fragte er seine Filialleiterin, wo denn der Araber schon wieder sei. Ein anderes Mal stieß er einen Treuepunkte-Warenaufsteller mit Haushaltsartikeln um, den der Araber angeblich schlampig eingeräumt hätte. Als dieser gerade am Boden kniete, um die umherliegenden Töpfe und Pfannen wieder einzusammeln, gab er ihm mit dem Knie unauffällig einen Stoß in die Seite.

Amir-Mohammad Hosseini setzte sich nicht gegen Hardys Übergriffe zur Wehr. Auch verschwieg er gegenüber Elif Kılıç, was wirklich vorgefallen war. So ging es noch eine Zeit lang, bis Hardy die Lust verging. Warum sagte der Araber nichts? Oder stand er vielleicht heimlich auf ihn. Schwul war er ja wohl. Das merkte man irgendwie schon, auch wenn Hardy ihn nicht besonders tuntig fand.

§

Immer donnerstags ging Hardy nun wie selbstverständlich zum *NH14*-Treffen und trug, wie einige andere auch, das weiße T-Shirt, das beim letzten Mal an alle verteilt wurde. Björn Kramer, der den Metallbaubetrieb seines Vaters übernehmen soll, hat die Shirts bedrucken lassen. „*NH14*" stand groß und schwarz auf dem Rücken und auf der Brust etwas kleiner „*2YT4U*". *Too white for you*, auch legal, hat Steinbach gesagt. Sie bewegten sich gerne an dieser Grenze, hatten langsam Spaß an der Provokation. Im Internet mussten sie besonders aufpassen, erhielten aber viel Zustimmung.

Dennoch gingen die Arbeiten in der alten Schule voran. Ihre nächtlichen Schmierereien „*Keine Neger nach Negernholt*" und „*NH14*" wurden bereits zweimal mit viel Aufwand von dem alten Verblendmauerwerk entfernt. Björn Kramer, Holger Eberhard und Bastian Seehusen, der passenderweise Maler und Lackierer ist, waren in wechselnder Beteiligung für die Sachbeschädigung und Volksverhetzung verantwortlich, konnten aber nicht ermittelt werden.

Hardy war in den beiden Nächten krank.

§

Als Hardy eines Morgens verschlafen hatte, erledigte Amir, soweit es ging, die Aufgaben von beiden. Dreißig Minuten später begrüßte Kiliç Hardy Zenker mit einem vorwurfsvollen Blick auf die Armbanduhr und den Worten, er könne froh sein, dass Amir für ihn mitgearbeitet hat. Hardy zuckte nur mit den Schultern. Er sprach an diesem Tag kein Wort mit Amir.

§

„Das bringt so alles nichts, die zieh'n da bald ein", regte Bastian Seehusen sich in der vertrauten Runde auf. „Die Schule ist fast fertig. Ich hab' da heute die letzten Wände gestrichen."

„Du hast was gemacht?" fragte Hardy entsetzt. „Wände gestrichen, wieso?"

„Weil wir gegen den Umbau der Schule sind, du Idiot" mischte sich nun auch Bernd Steinbach ein, der von Bastian Seehusens Arbeit in der Schule zu seinem Erstaunen noch nichts wusste. „Du renovierst also tagsüber die Schule und schmierst nachts Parolen gegen den Umbau an die Fassade, richtig?"

„Naja, … das ist eben mein Job. Aber deswegen muss ich das ja nicht gut finden."

„Vielleicht sollte Basti die Sache mal endgültig beenden", schlug Maike Ratjen vor. „Hab' ich doch heute", unterstrich Bastian Seehusen, dass er nicht verstanden hat.

„Man Alter, nicht das Malen", diese Flüchtlingssache überhaupt. Ich sage Abfackeln!"

Nach einem kurzen Moment der Stille setzte teils entsetztes, teils erschrockenes oder auch zustimmendes Gemurmel unter den fünfzehn Anwesenden ein und wurde ebenso schnell durch Björn Kramer beendet.

„Hardy soll das machen. Der hat noch gar nichts gemacht."

§

In der Nacht hatte Hardy kaum geschlafen. Die konnten doch nicht wirklich von ihm verlangen, dass er die alte Schule abfackelt. Gut, dann kämen keine Asylanten ins Dorf, erstmal jedenfalls nicht, aber Brandstiftung?

An der Kasse fiel es ihm schwer, sich wach zu halten, deshalb hat er lieber freiwillig auf der Fläche gearbeitet. Ein bisschen Bewegung war ganz gut. Amir ging an die

Kasse. Dass es Amirs Geburtstag war, hat Hardy erst am späten Vormittag erfahren. Aber warum sollte er dem Araber auch gratulieren, sie sprachen sonst schließlich auch nicht miteinander. Wie alt ist er jetzt eigentlich, fragte Hardy sich. Feiern die Araber überhaupt ihren Geburtstag? Fing er wirklich an, sich für Amir zu interessieren? Vielleicht ist er ihm gegenüber in der Vergangenheit ja auch etwas unfair gewesen.

In seiner Mittagspause kaufte Hardy sich eine Cola, ein belegtes Brötchen und ein Stück Kuchen und das Gleiche für Amir-Mohammad, der sich erkennbar freute, vermutlich mehr über die Geste als über die Sachen selbst.

§

Nach einer weiteren nahezu schlaflosen Nacht hatte Hardy beschlossen, über die Sache mit der alten Schule nicht mehr nachzudenken. Vielleicht hatte Maike das ja auch nur so dahingesagt und die Idee würde wieder vergessen.

Die Idee der Brandstiftung wurde aber nicht vergessen. Im Gegenteil, beim nächsten Treffen wurde festgestellt, dass es sofort passieren müsse, bevor die Asylanten kämen. Man wollte sie hier nicht, aber man wollte sie auch nicht umbringen. Und Hardy sollte es machen. Darüber ist sogar abgestimmt worden, und es stimmte ja, er selbst hatte noch nichts gemacht, außer zuzuhören und Bier zu trinken. Er hatte noch zwei Tage Zeit.

Also klappte er, wieder zu Hause, am kleinen Küchentisch seinen Laptop auf und gab „*Molotowcocktail*" in die Suchmaschine ein. Als Folge des Ukrainekrieges wurde er schnell fündig. Eine Mischung aus Benzin, Öl und Diesel sollte gut funktionieren. Zu dem Mischungsverhältnis fand er nichts. Das war scheinbar geheim. Natürlich wusste er, dass Diesel schwer entflammbar war, deshalb würde er nur sehr wenig davon hinzugeben, und von dem Öl etwa die gleiche Menge.

Leere Wasserflaschen machten einen sehr stabilen Eindruck. Weinflaschen wären bestimmt besser. Für den Zündlappen solle sich Jeansstoff gut eigenen, wurde in einem Youtube-Video gesagt. Am Ende des Videos hieß es wie üblich „*Wir hoffen, ihr hattet Spaß. Wenn euch dieses Video gefallen hat, bitte denkt daran uns zu liken*", fast so als ginge es ums Kuchenbacken.

Im Keller fand Hardy in der Altglaskiste noch vier leere Weinflaschen und machte sich an die Arbeit.

Den anderen sagte er nicht, wann genau er die Sache hinter sich bringen wollte. Sie wollten es auch gar nicht wissen. Hauptsache war, es würde schnell passieren.

In der Nacht von Montag auf Dienstag hatte er sich seinen Handy-Wecker auf drei Uhr gestellt. Das war natürlich überflüssig, da er sowieso kein Auge zugemacht hatte. In dieser Nacht würde er die alte Schule abbrennen. Früher als Schüler, er war einer der letzten, die die Schule noch besuchten, hatten sie manchmal aus Spaß darüber gesprochen. Nun würde er es wirklich tun, nun würde er zum Brandstifter, zum Kriminellen. Die Jungs von der freiwilligen Feuerwehr kannte er alle, hatte auch oft mit ihnen gefeiert. Einer von ihnen war Björn Kramer. Bald würden sie rausgeklingelt werden, die Schule aber bestimmt nicht mehr retten können. Im Dorf würde man rätseln, wer so etwas macht. Vielleicht würden viele sogar froh sein, auch wenn sie es nicht öffentlich zugeben würden.

Schließich war es soweit. Den Wecker hatte er schon vorher abgestellt. Er zog sich dunkle Kleidung an. Falls ihn doch jemand sehen würde, könnte der nur sagen, dunkle Hose, dunkle Jacke, Kapuze. Die weißen Sneaker waren zu auffällig, daher entschied er sich für die alten braunen Stiefel. Die vier Flaschen standen vorbereitet auf dem Küchentisch. Der Benzingeruch hatte sich in der ganzen Wohnung verbreitet. Hardy verstaute die Brandsätze so in seinem Rucksack, dass sie möglichst nicht aneinanderschlugen. Dann schlich er sich aus dem Haus. Den einen Kilometer zur Schule würde er zu Fuß gehen. Das wäre auch sicherer.

Im alten Schulwald versteckte er sich und wartete ein paar Minuten ab, ob zu dieser nächtlichen Stunde vielleicht noch jemand mit seinem Hund unterwegs war. Auch hatten sie im Club darüber gesprochen, dass wegen der Farbgeschichten vielleicht jemand Kontrollgänge machen würde. Aber es tat sich nichts. Hardy streifte sich schwarze Gartenhandschuhe über, kam langsam aus seinem Versteck hervor, sah sich noch einmal vorsichtig um und legte vier Pflastersteine bereit. Er wusste noch von früher, dass die dort sehr wackelig im Boden lagen. Wenn er zuerst die Scheibe mit dem Stein einwarf und dann die Flasche hinterher, wäre die Wirkung bestimmt besser, als wenn die Flasche vielleicht schon an der Scheibe zerbrach, dachte Hardy. Er hatte sowas ja noch nie gemacht.

Dann ging alles ganz schnell. Hardy richtete sich aus, nahm einen Stein, warf ihn mit viel Wucht in die erste Scheibe des ehemaligen Klassenzimmers und dann sofort den ersten angezündeten Brandsatz hinterher. Es knallte und wie geplant schoss ein Feuerball empor. Schnell machte er das Gleiche mit dem übernächsten Fenster in der Reihe. Er konnte die Wärme des noch kleinen Feuers bis zu seiner Position spüren. Mit seinen restlichen Utensilien lief er ein paar Meter um die Hausecke herum und erledigte auch dort seine Arbeit, jedoch ohne zuvor einen Pflasterstein zu werfen. Das hätte vielleicht doch zu lange gedauert. Die Wirkung war die gleiche, wie er zufrieden feststellte. Im Club werden sie stolz auf ihn sein. Mit dem leeren Rucksack konnte er leise und schnell in der Dunkelheit davonlaufen.

Als er zu Hause seine Kleidung auszog, in einem Plastiksack verstaute und in den Keller brachte, sich Hände, Arme und Gesicht wusch, hörte er die Sirenen.

§

Björn Kramer hatte es nicht rechtzeitig zur Wache geschafft. Er fuhr daher direkt zum Brandort, der bereits von Weitem zu sehen war. Die Kameraden hatten die Schläuche bereits ausgerollt. Die Löscharbeiten sollten gerade beginnen. Das alte Schulgebäude brannte lichterloh. Die Flammen stiegen bereits aus dem Dach.

Dem verängstigten Ehepaar mit dem weinenden kleinen Kind wurde von Anwohnern gerade Decken umgelegt, und es wurden ihnen im Scheinwerferlicht dampfende Becher gereicht. Björn Kramer hatte sie zuvor noch nie im Dorf gesehen.

§

Der Brandermittler der Kripo teilte mir am nächsten Morgen am Telefon mit, dass es sich um Brandstiftung handelt. Man habe Rückstände von Molotowcocktails gefunden. Es seien mindestens drei Brandsätze gewesen. Die Familie Ibrahim, die am Morgen des Vortages des Anschlags als erste Bewohner schon vorab eingezogen sei, habe sich durch den Hinterausgang zum alten Schulhof gerade noch in Sicherheit bringen können.

Es sah also mindestens nach schwerer Brandstiftung, wenn nicht Brandstiftung in einem *besonders* schweren Fall aus. Zum Glück wurden die Ibrahimis nur leicht verletzt.

Molotowcocktails, dachte ich. Aus einem früheren Verfahren war mir noch die Herkunft des Begriffes in Erinnerung geblieben. Als 1939 sowjetische Kampfflieger Finnland bombardierten soll der sowjetische Außenminister Molotow behauptet haben, sie würden nicht bombardieren, sondern Brote über dem Land abwerfen. Die Finnen sollen dann das dazu passende „*Getränk*", den *Molotowcocktail* erfunden und erfolgreich gegen sowjetische Panzer eingesetzt haben, so wie in der Anfangszeit des Krieges die tapferen Ukrainer, die sich mit allen Mitteln gegen den verbrecherischen russischen Angriff auf ihr Land zur Wehr setzen.

§

Hamoudi und Amira Ibrahim aus Aleppo haben nur eine leichte Rauchvergiftung und leichte Schnittwunden an Armen und Beinen erlitten. In der Nacht waren sie noch zu traumatisiert um konkrete Angaben zum Tatgeschehen zu machen. Im Übrigen fehlte es an einem Dolmetscher für die arabische Sprache.

In der am nächsten Tag nachgeholten Vernehmung, gaben sie an, nach dem ersten Klirren kurz aus dem Fenster im Obergeschoss gesehen zu haben. Eine Person mit dunkler Kleidung und Kapuze habe Gegenstände auf das Gebäude geworfen. Dann seien sie hinten aus dem Gebäude geflüchtet und hätten den Täter noch in Richtung Ortsausgang weglaufen sehen.

Kriminalhauptkommissarin Christine Behnke konnte im Dorf weiter ermitteln, dass für Proteste gegen die Flüchtlingsunterkunft und rassistische Schmierereien im Vorfeld der Tat der dort ansässige Club „NH14" im Verdacht stehe. Ich vereinbarte mit ihr, die Ermittlungen in diese Richtung weiterzuführen und mich auf dem Laufenden zu halten.

Wenig später waren Namen und Anschriften von sieben Mitgliedern des Clubs bekannt. Für einen Ermittlungserfolg war es wichtig, dass schnell gehandelt würde. Nur zwei der ermittelten Clubmitglieder wohnten im Bereich zwischen der alten Schule und dem südlichen Ortsausgang. Einer der beiden, Björn Kramer, ist bei der freiwilligen Feuerwehr Negernholt und war nach Auskunft des Ortswehrführers an den Löscharbeiten beteiligt. Natürlich kam es auch immer wieder vor, dass gerade auch unter Feuerwehrleuten Brandstifter zu finden sind, aber in dem Fall wäre Kramer vermutlich schneller am Brandort gewesen. Ich konzentrierte die Ermittlungen daher auf Hardy Zenker.

§

Der Durchsuchungsbeschluss für die Wohnung des Beschuldigten Hardy Zenker einschließlich der Nebenräume wurde durch die zuständige Ermittlungsrichterin antragsgemäß erlassen, was bei der bisherigen Beweislage nicht selbstverständlich war. Es bestand der Verdacht der Brandstiftung in einem besonders schweren Fall. Das Auffinden von Beweismitteln wie Zutaten für die Herstellung von Brandsätzen war zu erwarten, argumentierte ich. Gleichzeitig wurde die Erstreckung der Durchsuchung auf sämtliche Speichermedien angeordnet. Es könnten in Handys, Tablets oder Laptops Hinweise auf die Herstellung von Brandsätzen durch den Beschuldigten zu finden sein.

Während Hardy Zenker im Supermarkt zusammen mit Amir eine Warenlieferung annahm, die beiden sogar miteinander scherzten und sich freundschaftlich auf die Schulter boxten, wurde Hardys Wohnung durch seine Vermieterin geöffnet. In der Wohnung wurde ein Laptop und im Keller ein Sack mit nach Benzin riechender Kleidung sichergestellt.

§

Tanja Weber bahnte sich in ihrer wehenden Robe einen Weg durch die vor dem Saal 2 des Landgerichts wartende Menschentraube, schloss beide Türen auf und ließ Rechtsanwalt Dr. Volker Friedrich mit dem Angeklagten Hardy Zenker, Rechtsanwalt Dietmar Jahnke als Vertreter der Nebenkläger Hamoudi und Amira Ibrahim, die Zeugen und Zuschauer sowie Thomas Alder von der Presse eintreten. Ich folgte, nachdem ich mein Telefonat beendet hatte.

Während Tanja Weber den Computer hochfuhr und das Protokoll vorbereitete, herrschte noch allgemeine Unruhe im Saal. Pflichtgemäß erhob sich die Menge, als Richterin Dilan Atalay mit einer weiteren Richterin und den beiden Schöffen, somit in der kleinen Besetzung der großen Strafkammer, durch das Richterzimmer eintrat. „Bitte nehmen Sie Platz" forderte die Vorsitzende auf.

Nachdem wie üblich die Anwesenheit der geladenen Zeugen festgestellt wurde, verließen diese den Saal, bis sie zu ihrer Anhörung wieder aufgerufen würden.

Die Formalitäten waren gerade erledigt, da richtete Dr. Friedrich sich an die Vorsitzende, noch bevor ich die Anklage verlesen konnte.

„Frau Vorsitzende, bevor wir beginnen, stelle ich den Antrag auf Ablehnung der vorsitzenden Richterin wegen der Besorgnis der Befangenheit gemäß § 24 StPO."

Atalay senkte den Kopf und blickte Friedrich über ihren Brillenrand hinweg an. „Würden Sie Ihren Antrag bitte begründen?"

„Naja, meinem Mandanten wird hier, zu Unrecht, wohlgemerkt, eine Tat zum Nachteil von Migranten vorgeworfen. Nun ist ja offensichtlich, dass Sie selbst …, naja, zumindest sollen Sie jedenfalls zeitweise, soweit ich weiß, Flüchtlinge aus der Ukraine bei sich aufgenommen haben."

„Herr Verteidiger, mit Verlaub", mischte ich mich ein, während Rechtsanwalt Jahnke allein deswegen schon zustimmend nickte. „Sie wollen doch nicht ernsthaft auf diese absurde Weise einen Ablehnungsgrund konstruieren? Im Übrigen hätte dieser *Antrag* auch vorher gestellt werden können, so dass darin ein rechtsmissbräuchliches Vorgehen gesehen werden muss."

„Herr Staatanwalt, ich bitte ausreden zu dürfen. - Also, Frau Vorsitzende, es besteht zumindest die Gefahr, dass Ihre Unparteilichkeit gefährdet sein dürfte."

In der Gruppe im Zuschauerraum hinten rechts wurde applaudiert. Erst jetzt waren Richterin Atalay die T-Shirts mit den Aufdrucken *NH14* und *2Yt4U*, deren Bedeutung ihr spätestens nach Durchsicht der Akte bekannt war, aufgefallen.

„Meine Damen und Herren, Applaus dulde ich in meinem Gerichtssaal schon einmal gar nicht" wies sie die Gruppe resolut zurecht. „Sie können der Verhandlung als Zeugen beiwohnen, haben sich aber jeglichen Kommentars, auch durch Gestik oder Mimik, zu enthalten. Und die T-Shirts, die Sie tragen, will ich in meinem Saal auch nicht sehen."

„Frau Vorsitzende", mischte sich nun Friedrich ein, die T-Shirts in der Zuhörerschaft enthalten keine rechtswidrigen Inhalte, ich sehe also keinen Grund, warum …"

„Verdecken Sie die T-Shirts oder Sie verlassen den Saal" beharrte Atalay in Richtung der Störer und ignorierte dabei den Einwand Friedrichs.

Ich bekam langsam einen Eindruck, in welche Richtung das hier laufen würde. Offensichtlich hatte Friedrich keine bessere Verteidigungsstrategie. Thomas Alder machte sich eifrig Notizen. Endlich konnte er seinen Lesern mal etwas bieten. Und es kam für ihn noch besser. Unter Gemurmel zogen sich die Angesprochenen einen Pullover oder eine Jacke über. Nur Maike Ratjen zog ihr T-Shirt aus und saß nun mit nackten Brüsten im Publikum, was ihr einen sofortigen Saalverweis wegen ungebührlichen Verhaltens einbrachte. Bei einer weiteren Störung würde ein Ordnungsgeld oder auch Ordnungshaft angeordnet werden.

„Über den Ablehnungsantrag der Verteidigung wird später entschieden" erklärte Richterin Atalay. „Die Durchführung der Hauptverhandlung ist unaufschiebbar, nachdem bereits Schöffen ausgewählt und Zeugen geladen wurden und vollzählig erschienen sind. Herr Staatsanwalt, ich bitte nun um Verlesung der Anklageschrift."

Es klopfte leise, wieder eine Störung. Langsam öffnete sich die Tür für die Zuhörer. Ein Kopf erschien in der Öffnung. Amir-Mohammad Hosseini blickte schüchtern durch den Türspalt. „Und Sie sind …?" fragte Atalay inzwischen leicht genervt.

„Amir. Amir-Mohammad Hosseini."

„Kommen Sie in diesem Verfahren als Zeuge in Betracht?"

„Zeuge? Nein, ich bin nur ein Freund." Amir nickte in Richtung der Anklagebank. „Von ihm …"

Friedrich nickte gefällig. Wie könnte sein Mandant einen Anschlag auf eine Flüchtlingsunterkunft verüben, wenn er mit einem Hosseini befreundet war. Bernd Steinmann, Heiko Eberhard und die anderen blickten irritiert zu Amir hinüber. Hardy Zenker richtete seinen Blick zu Boden, sah dann hinüber zu Amir, dann wieder zu den Leuten aus dem Club. Er wirkte verunsichert.

„Dann nehmen Sie bitte im Zuschauerraum Platz und verhalten sich ruhig. Herr Staatsanwalt, die Anklage bitte."

„Ich widerspreche der Verlesung der Anklageschrift. Die Anklage erfüllt nicht die Voraussetzungen des § 200 StPO. Die Anklage spricht von mindestens drei Brandsätzen. Eine konkrete Angabe wird nicht gemacht. Auch wird der angebliche Brandbeschleuniger nicht näher definiert. Insbesondere aber wird nicht erklärt, warum gemäß § 306b Absatz 2 Nummer 1 StGB andere Menschen in die Gefahr des Todes gebracht worden seien. Auch, wenn ich das noch sagen darf, liegt ein hinreichender Tatverdacht nicht vor. Die Staatsanwaltschaft hat keine Beweismittel benannt, die belegen, dass mein Mandant die schlimme Tat begangen hat."

„Herr Verteidiger" richtete ich mich an Friedrich, während Richterin Atalay noch tief durchatmete, „Sie wissen ganz genau, dass die Anklageschrift alle notwendigen Voraussetzungen erfüllt. Wenn Menschen in einem Haus schlafen und dieses Haus mit mehreren, egal ob drei, vier oder mehr Molotowcocktails und egal welcher Zusammensetzung, massiv in Brand gesetzt wird, dann besteht für die Schlafenden zumindest objektiv eine Todesgefahr. Und die Beweismittel sind

Ihnen bekannt. Ob diese ausreichen, wird am Ende das Gericht entscheiden."

„Wenn Sie auf die Kleidung anspielen, die bei meinem Mandanten im Keller gefunden wurde, dann roch diese vielleicht ein bisschen nach Benzin, weil er am Tag zuvor seinen Motorroller repariert, und die Kleidung erst einmal in einem Sack verstaut hat, damit es im Haus nicht so riecht."

„Herr Verteidiger, bei allem Respekt, ich glaube, Ihr Vorgehen tut nichts für Ihren Mandanten."

„Herr Staatsanwalt, wie ich meinen Mandanten verteidige, überlassen Sie bitte mir." Punkt für den Verteidiger. Das ging mich wirklich nichts an, aber die Bemerkung hatte ich mir nicht verkneifen können.

Hardy, der bislang teilnahmslos neben seinem Verteidiger saß, erhob sich und blickte dabei wieder zu Boden. Richterin Ataly, die nun endlich mit der Hauptverhandlung beginnen wollte, bat Hardy Zenker sich wieder zu setzen. Wenn er etwas zu sagen hätte, könne er das nach Verlesung des Anklagevorwurfs tun und müsse dafür auch nicht aufstehen.

„Ich war das" sagte Hardy kaum zu verstehen. Dann nahm er all seinen Mut zusammen, atmete tief ein und wiederholte etwas lauter „Ich habe die Schule angezündet" und sah dabei Hamoudi und Amira Ibrahim in die Augen. Friedrich, sichtlich überrascht, zupfte Hardy Zenker am Ärmel seines Pullovers und drängte darauf, dass der sich wieder setzte. „Frau Vorsitzende, können wir mal kurz unterbrechen."

„Die Hauptverhandlung wird für – wie lange brauchen Sie? Die Hauptverhandlung wird für dreißig Minuten unterbrochen."

Amirs und Hardys Blicke trafen sich, als er seinem Verteidiger durch die schwere Tür folgte. Im Saal brach sofort wieder Gemurmel aus. Amir verstand nicht, was gerade passierte. Als er von dem Vorwurf gehört hatte, glaubte er, dass es sich nur um einen Irrtum handeln könne.

Rechtsanwalt Dr. Friedrich hatte den Angeklagten nicht überzeugen können, sein plötzliches Geständnis zurückzunehmen. Stattdessen bat er nach Wiederaufruf um ein Rechtsgespräch. Rechtsgespräche waren nie verkehrt. Auch wenn es manchmal tatsächlich ein wenig wie auf einem Basar zuging, und zwar insbesondere dann, wenn alle Beteiligten gemeinsam betonten, dass man sich gerade nicht auf einem orientalischen Basar befände. Dennoch hatte die Verständigung im Strafverfahren ihre Berechtigung und führte in der Regel auch zu einem gerechten Ergebnis. Rechtsanwalt Dr. Friedrich, das Gericht, die Schöffen, Rechtsanwalt Jahnke für die Nebenklage und ich zogen uns folglich, zur Enttäuschung des Publikums und der Presse, in das Richterzimmer zurück.

Hardy Zenker wollte reinen Tisch mache, erklärte sein Verteidiger. Rechtsanwalt Dr. Friedrich bestand jedoch darauf, der Angeklagte habe nicht gewusst, dass die Ibrahims bereits in die Schule eingezogen waren. Genau hier lag der Unterschied zwischen mindestens einem Jahr und mindestens fünf Jahren Freiheitsstrafe. Tatsächlich wäre dem Angeklagten eine Brandstiftung in einem besonders schweren Fall nur anzulasten, wenn er wusste oder zumindest billigend in Kauf nahm, dass die Alte Schule bereits bewohnt war.

Friedrich versuchte das Gericht zu überzeugen, dass, da sein Mandant nichts von den Bewohnern gewusst habe, er nur ein Gebäude angezündet habe, so dass er wegen einfacher Brandstiftung zu verurteilen wäre. Angemessen wäre ein Jahr unter Strafaussetzung zur Bewährung.

Ich vertrat die Auffassung, der Angeklagte habe nicht wissen können, ob die Schule bewohnt war. Er habe aber gewusst, dass die Schule als Flüchtlingsunterkunft vorgesehen war und hat das Gebäude dennoch in Brand gesetzt. Dabei habe er zumindest billigend in Kauf genommen, dass das Gebäude inzwischen bewohnt war. Demzufolge habe er sich wegen Brandstiftung in einem besonders schweren Fall schuldig gemacht.

Der Vertreter der Nebenklage, Rechtsanwalt Jahnke, überbot mich mit seiner Forderung, wenig überraschend, und forderte eine Freiheitsstrafe von mindestens sechs Jahren. Ein Phänomen, das ich immer wieder beobachtete. Am einen Tag traten Rechtsanwälte als Verteidiger auf und forderten Freispruch, am anderen Tag als Vertreter der Nebenklage und forderten

Höchststrafen, je nachdem, was ihre Mandanten von ihnen erwarteten.

Wir verständigten uns schließlich auf einen Strafrahmen zwischen drei und vier Jahren Freiheitsstrafe für den Vorwurf der Brandstiftung. Tatsächlich sprach auch Einiges dafür, dass Zenker hinsichtlich der Todesgefahr nur Fahrlässigkeit vorzuwerfen wäre. Eine Fahrlässigkeit ist insoweit aber nicht strafbar.

Zurück im Saal gab Friedrich für seinen Mandanten eine Erklärung ab. Dann erhob Hardy sich und entschuldigte sich unter Tränen bei der Familie Ibrahim.

Anschließend wurde Hardy Zenker wegen Brandstiftung in Tateinheit mit fahrlässiger Körperverletzung zu einer Freiheitsstrafe von drei Jahren und drei Monaten verurteilt.

Amir hatte seinen neuen Freund wieder verloren, vorerst.

§

Zu Hause angekommen, spukte der Tag noch in meinem Kopf herum. Dr. Friedrich, wieder etwas anstrengend, Hardy Zenker, der irgendwie verloren wirkte, dann die Tat gestand und ernsthaft Reue zeigte,

Jahnke mit seiner überzogenen Vorstellung, die Ibrahimis, die gerade in ihrem neuen Zuhause angekommen nun mit ihrem kleinen Kind wieder woanders untergebracht werden mussten, der komische Club, nackte Brüste, die ich im Gerichtssaal auch noch nicht gesehen hatte, und Hosseini, den wohl eine Art Freundschaft mit Hardy Zenker verband. Diesen Gedanken nachhängend kam mir irgendwie diese Kriminalromane schreibende Richterin in den Sinn. Mir wollte ihr Name gerade nicht einfallen.

Vielleicht sollte ich meine Geschichten auch einmal aufschreiben, dachte ich, und nahm die lange Leine für den Wald vom Haken.

„Komm Wilma, wir gehen 'ne Runde …"